그 여름의 결심

# 그 여름의 결심

첫판 1쇄 2023년 11월 24일

지은이 김기표
펴낸이 김은옥
디자인 한영애
펴낸곳 올리브북스

주소 인천시 부평구 부평대로 153
전화 032-233-2427
이메일 olivebooks@naver.com
블로그 blog.naver.com/olivebooks
인스타그램 instagram.com/olivebooks_publisher

출판등록 제2019-000023호(2007년 5월 21일)

ISBN 978-89-94035-60-4 (03800)

세상은 행동하는 사람에 의해 움직입니다. 소중한 경험, 따뜻한 시선을 가진 원고, 참신한 기획의 소재가 있으신 분은 올리브북스와 의논해 주십시오. 그 원고가 세상의 소금과 빛이 될 수 있도록, 최고의 책으로 빛날 수 있도록 정성을 다하겠습니다.

총판 기독교출판유통 031-906-9191(전화), 0505-365-9191(팩스)

나의 삶과 나와 함께 살아가는 이들의 이야기

# 그 여름의 결심

김기표 지음

올리브북스
Olive Books

# 차례

# ✦ 3부 ✦

내 안에 흐르는 정서를 하나만 말해 보라면, 나는 '따뜻함'이라고 말하고 싶다. 부모님이 그렇게 키웠고, 초등학교 때부터는 부모님을 대신하여서 누나들이 그렇게 키웠다. 나는 가난했지만, 마음은 늘 풍요로웠다. 내 주위 사람들이 나를 너무나 사랑하는 것을 알고 있었고, 그것은 나의 마음을 밝은 빛으로 양육하였다. 그래서 나는 살아가는 내내 운이 참 좋다고 늘 고마워하였다.

그래서 나는 그렇게 받은 사랑을 다른 사람에게도 풍족히 나눠 주어야 한다고 생각하고 살아왔다. 내 개인적인 안위만을 위한 삶이 아니라 이제 국가와 사회를 위한 삶을 살겠다고 마음먹은 것도 그러한 바탕이 있었으므로 가능하였다.

그렇게 정치를 하겠다고 마음먹으면서, 나는 어떤 사람인지, 내가 어떤 생각을 하고 살아왔는지에 대해 많은 사람에게 알리는 것은 일종의 의무라고 생각하였다. 그래서 SNS에서 '글'이라는 것을 처음 써 보았다. '변론요지서'니 '준비서면'이니 하는 딱딱한 법률 문장이야 수없이 써 봤지만, 이른바 '글'이라고 지칭되는 것은 장르가 완전히 다른 것이어서 잘 쓸 수 있을까 걱정하기도 하였다.

그러나 얕은 글재주라도 내가 살아온 삶을 진솔하게 쓴다면 읽는 사람들이 공감할 것이라고 믿었으므로 용기를 내었고, 그래서 내 인생의 단면들을 기억나는 대로 써 보았다.

여기에 실린 글들은 내가 지금까지 살아오는 동안의 많은 일 중 아주 일부분을 쓴 것에 불과하지만, 그 내용만으로도 나에 대해서는 어느 정도 설명이 될 수 있을 것 같다. 그리고 앞으로도 시간이 허락하는 한 나의 삶 속 한 장면 한 장면을 글로 차분히 옮겨보려고 한다.

나의 든든한 바탕인 우리 가족, 아내 국선영 여사와 아들 호준이, 도연이에게 이 지면을 빌어 세상 누구보다 사랑하고 고맙다는 말을 전한다. 그리고 부모님, 누나들, 장인, 장모님 등 나를 항상 지지하고 응원해 주는 모든 따뜻한 분들에게도 고마운 마음을 표한다.

그리고 졸고를 건네주고서도, 한 글자도 고치지 말아 달라고 무례하게 요구하였음에도 묵묵히 이를 수용해 주신 올리브북스 대표 김은옥 님께도 미안함과 아울러 고마움을 표한다. 이분 덕분으로 나는 내 생애 첫 책을 세상에 내보일 수 있게 되었다.

마지막으로 미숙한 글이나마 읽는 분들께서 인내심을 가지고 읽어 주신다면 그보다 더 큰 기쁨은 없을 것 같다.


2023년 10월의 마지막 날에

# 1부

# 나를 키운 건…

"나를 키운 건 팔 할이 바람이다."

어느 유명한 시인이 읊은 말이다.

사춘기 때의 나는 이 말의 강렬함에 겨워하였다.

타고난 가난과 천박을 버티어지고 광야에서 홀로 바람을 맞으며 우뚝 서 있는 다부진 사내를 상상하곤 하였다.

그대로 두면 농사꾼밖에 안 되겠다고 생각한 어머니는 큰딸이 있는 부천으로 아들을 보내기로 하였다. 큰딸과 열세 살 차이 나는 아들은 어머니가 딸 다섯을 낳은 끝에 마침내 얻게 된, 어머니에게는 세상 무엇과도 바꿀 수 없는 그런 존재였다. 일곱 시간 동안 '특급'열차를 타고 오는 동안 어머니 무릎을 베고 누워 내내 울었던 아들이 느꼈을 상실감보다, 어머니의 그것이 몇 배는 더 컸을 것이다. 그것도 철이 들고 아이들을 키우다 그제서야 그랬겠구나 하였다.

부천은 어린 나이에 부모와 떨어져야만 올 수 있는 광야이자 기회의 땅이었고, 나는 타고난 가난을 버티어야 했지만 담대한 미래를 꿈꾸었기에 천박하지 않았다.

부천의 바람은 때로는 차가웠고 때로는 외로웠다. 하지만 이모 저모로 어울려 살았던 친구들과 이웃들의 훈훈하고 따스한 바람이 더 많았다. 부천의 바람은 그렇게 여러 모양으로 나를 키워냈다.

나를 키운 건 팔 할이 부천의 바람이다.

# 솔로몬의 동굴

　가로등 하나 없는 시골 농촌의 밤. 그 하늘의 별은 정말 쏟아질 듯하였다. 그런 별들과 함께 오는 농촌의 밤은 너무나 일찍 그리고 깊게 찾아온다. 밤 9시 뉴스를 꼭 보셨던 아버지는 채 몇 꼭지 기사가 나가기도 전에 자울거리기 시작하신다. 초등학교 3학년인 나는 보통 그 전에 이미 잠이 들었다.

　낮에는 보통 농사일을 돕거나, 산으로 들로 싸돌아다니면서 풀줄기로 머리에 테를 두르고 나뭇가지를 찔러 넣어 TV에서 봤던 군인들의 철모 흉내를 내었다. 어른들은 그 모습이 초상집 상주가 쓰는 굴건 같다고 나무랐다. 집으로 와서는 마당에 금 긋고 흙투성이가 되도록 오징어가생(지역마다 독특한 명칭이 있지만 내 고향에서는)도 하고, 팔방(마당에 금 긋고 돌을 차고 노는 것, 표준말로 뭐라 하는지는…)도 하고, 망까기도 하고, 매일 그런 지경이니 저녁 먹자마자 쏟아지는 졸음을 이기지 못하고 일찌감치 잠자리에 드는 것은 당연하였다.

당연히도 나는 다른 식구들이 깨기 전 이른 새벽이면 잠이 깨었다. 새벽 5시 반엔가 6시엔가 시작했던 참 재미없었던 농촌 소식 전하는 프로그램, '앞서가는 농어촌'인가 대충 그랬던 그 프로그램도 시작하기 전이고 다른 식구들도 아직 깨기 전이므로, 부모님이 주무시던 큰방과 할머니가 주무시던 작은방을 혼자 무단히 왔다갔다 하였다(나는 할머니와 함께 작은방에서 잤다. 그러고 보니 내가 언제부터 할머니 방에서 자게 되었는지 기억은 없다. 딸만 낳다 귀하게 얻은 아들이라고 할머니가 나를 너무나 예뻐하신 것은 틀림없다. 102살(앞으로도 나이는 전통적인 세는 나이로 쓴다)까지 사시면서 손주 며느리도 보시고 하는 동안까지, 나는 늘 할머니에게 귀하고 귀엽기만 한 손자였다).

그렇게 큰방과 작은방을 몇 번 왔다갔다하다가 나름 어린 나이에도 눈치가 보여 다시 잠자던 자리로 들어가 눈을 끔뻑이며 남은 새벽을 견뎠다. 아버지가 잠이 깨고 TV를 켜시면 비로소 나는 큰방으로 가서 그 재미없는 농촌 소식을 보며 하루를 시작하곤 하였다. 방 안 가득한 아버지의 담배 연기도 함께였다.

\* \* \*

큰누나는 아버지의 완고한 뜻에 따라 주산을 배워 상업고등학교에 진학했고, 졸업하던 해에 서울에 취직이 되었다. 서울에서 가난하게 살던 이모 집에 얹혀살았던 큰누나는, 부지런히 돈을 모아 방

한 칸 얻어 독립하였다. 큰누나는 명절에 내려올 때마다 여러 과자가 담겨 있는 종합선물 세트를 가져왔고, 온 동생들은 그 종합선물 세트에 둘러앉고는 아버지가 임의로 나눠주는 과자에 각자 알아서 만족하여야 했다.

어떻게 시작되었는지는 모른다. 초등학교 3학년 어느 명절 지나고 난 직후인 것 같은데, 그게 독수리문고의 《솔로몬의 동굴》이라는 책이었고, 수신자를 '김○○ 씨 댁 김기표'로 하여 소포로 왔다. 안에는 큰누나의 편지도 함께 들어 있었다. 어린 눈에도 큰누나의 글씨체가 남달리 예쁘다는 것은 잘 알 수 있었다. "앞으로 한 달에 한 권씩 책을 보내줄 테니, 읽고 독후감을 써서 보내라"고 하였다.

누나가 무슨 이유로 첫 번째로 그 《솔로몬의 동굴》을 사서 보냈는지는 알지 못한다. 그 책이 독수리문고 시리즈 중의 다섯 번째였던 것 같은데… 자신은 없다. 크면서 보니 그리 유명한 소설은 아니었지만, 코터맨, 움바페 등 등장인물의 이름이나 스토리는 지금도 선명하다.

나는 비로소 살면서 처음으로 교과서 외에 제대로 된 '책'이라는 것을 읽어 보게 되었다.

무료하게 새벽을 견디던 나는 그 책이 그렇게 고마울 수가 없었다. 이제는 아무도 없는 조그마한 방에 가서 누나가 보내준 그 책을 읽으면 되었다. 페이지가 꽤 되었는데도 채 사흘도 되기 전에 다 읽고 말았다. 누나에게 바로 독후감을 쓴 편지도 보냈다. "큰누나 전상서…" 어머니가 편지는 그렇게 시작하는 것이라고 해서 그렇게 썼다. 누나도 거기에 답장을 보내왔다.

　이제 다음 달이 오기를 기다리는 것이 문제였다. 나는《솔로몬의
동굴》을 그다음 날에도 읽고 또 그다음 날에도 읽었다. 한 달이 지
나 누나가 새로 책을 보내오기까지는, 그 책으로 매일의 새벽을 보
내야 했다. 그래도 잠자던 자리에서 눈만 끔뻑이던 것에 비하면 너
무나 좋았다. 그다음 달에 도착한 책도 그렇게 반복하였다. 덕분에
나는 같은 책을 참 여러 번 읽는 경험을 하였다. 낮에는 책을 거들
떠볼 생각도 하지 않았던 것을 보면, 책을 좋아해서도 공부를 좋아
해서도 아니었던 것 같다. 그저 너무 심심해서 할 것이 그것 밖에
없었다.

　다음 명절에 누나가 왔을 때 나는 누나한테 말했다. 한 달에 두
권으로 해 달라고 했다. 누나는 그렇게 해 주었다. 그렇게 나는 누
나가 나를 부천으로 올라오도록 하기 전까지 매일 새벽에 내게 주
어진 한 달 두 권의 책을 읽고 또 읽었다. 두 권 중 재미있는 책을
더 자주 읽었던 것은 당연하다. 충녕대군의 어릴 적 얘기가 재미있
었던 세종대왕 같은 책은 아마 10번은 더 읽었을 것이다.

＊ ＊ ＊

　이렇게 시간이 흘러 5학년 때쯤 되었을까… 당시 저녁에는 TV
에서 인형극으로 '소년 삼국지'라는 것을 하였다. 인형들이야 좀 유
치하기는 했지만, 유비, 관우, 장비가 수많은 적 병졸을 쓰러뜨리는

내용만큼은 어린 소년에게 너무나 재미있는 것이었고, 그 원작이 너무 궁금하였다.

어느 날 아버지와 '소년 삼국지'를 함께 보다가 "아부지, 나 저 삼국지 읽고 싶으요. 누나한테 사주라고 할라요" 하였다. 아버지는 누나가 보내주는 책을 읽는 것에 가타부타, 잘한다 못 한다 아무 말씀 없는 분이었다. 그런데 아버지가 예상치 못하게 "안 된다"고 하였다. 나는 이해가 되지 않았다. 그러나 그 호기심은 무서운 아버지의 말에도 불구하고 쉽게 사그라들지 않았다. TV에서는 인형들이 계속 삼국지의 재밌는 스토리를 보여 주고 있었기 때문이다.

명절에 누나가 오고 고민 고민 끝에 아버지 없을 때 살짝 얘기했다. 삼국지 읽고 싶다고… 어디서 그런 용기가 났는지 어린 마음에 왠지 꺼림칙하고 뭔가 잘못하고 있다는 느낌이 컸다. 하지만 흔쾌히 그러마 하는 누나의 태도에 애써 안도하였다.

바로 다음 달에 정말 두꺼운 책 두 권이 도착했다. 《동서 삼국지》 1, 2권이었다. 보니 전체 10권인 책이었고, 글씨가 세로로 되어 있었다. 중간에 하얀 종이로 한두 개 멋진 그림도 들어 있었다. 완전히 성인을 대상으로 만들어진 책이라는 것은 나중에 알게 되었다. 아버지는 내가 읽는 책에 관심이 별로 없는 줄 알았는데 도착한 날 바로 내가 삼국지를 받았다는 것을 알고 계셨다. 큰누나에게 말했느냐는 추궁과 함께, 아버지는 벌써부터 아버지 말을 이렇게 안 들으면 어떻게 하겠느냐고 무섭게 다그치시는데 그땐 정말 죽었구나 하였다. 하지만 웬일인지 책으로 등짝 몇 번 얻어맞는 것으로 끝났다. 내가 느낀 잘못에 비하면 그렇게 끝난 것은 정말 의외였다. 하지만 나는 그것으로 삼국지를 마음껏 읽을 자유를 얻었다.

나는 누나가 매달 두 권씩 보내주는 삼국지를 그렇게 10권까지 읽었다. 초선과 동탁의 스토리를 보면서 이거 뭐지 하였고, 아버지가 이것 때문에 읽지 말라고 하였나 싶었다. 그것도 이유 중의 하나였을 것이다.

우리 집 뒤편에 밭이 있었다. 그 밭 옆에 살면서 그 밭을 갈던 집의 딸은 같은 5학년 동급생이었다. 우리 학년에서 제일 예뻤던 그 아이는 학교에서는 선선히 지냈지만, 학교 끝나고는 가끔 담장 너머에서 나를 불러 맬겂이(맥락 없이, 이유 없이를 그렇게 말했던 것 같다) 토마토를 주곤 하였다. 뭔가 기분이 묘하고 좋아지면서 절로 웃음도 나오고 그러하였다. 아버지는 그런 아들에게 성인들이 읽는 삼국지를 읽히는 것이 맞나 고민하였던 것 같다. 하지만 삼국지는 이후 내가 읽는 책이 문고판을 넘어서는 계기가 되었다.

\* \* \*

부천의 새벽은 지루할 틈을 주지 않았다. 지금에 비할 것은 아니지만 부천은 나에게 훨씬 자극적이고 신기한 도시였다. 밤늦도록 깨어 있었고, 아침에 일어나서는 학교 가기 바빴다. 바깥 안테나를 아무리 맞춰도 안 나오던 채널들은 TV에 달린 작은 안테나로도 쉽게 잡혔다. 낮에는 문방구 앞에 쪼그리고 앉아서 하는 전자오락도 있었고, 아예 전자오락실이라고 차려진 곳은 휘황했다.

비록 입시교육이긴 했어도 나는 국어 과목을 좋아하였다. 같은 뜻이어도 조금씩 다른 뉘앙스를 분별하는 것을 좋아했고, 같은 말이라도 어떻게 이렇게 예쁘게 쓸 수 있는가 하고 감탄하였다. 나중에, 프랑스의 작가 플로베르의 '모든 사물과 상황, 개념에는 오직 어울리는 단 하나의 단어만 있다'(대충 이런 말이다)는 말을 접했을 때, 나는 무릎을 치며 "내 말이!"라고 하였다. 내 생각과 완전히 같았다. 물론 내가 그렇게 쓸 수 있다는 것은 아니다.

입시 국어에서 제일 난적은 '국어2'였다. 출제되는 문항 수는 몇 개 안 되었지만 내가 목표한 대학에 가려면 거기에서도 문제를 잘 맞혀야 했다. 국어2는 범위가 없어서, 듣지도 보지도 못한 시나 소설을 지문으로 내놓고 이것이 의미하는 바는 무엇이고 이것의 주제는 무엇인가 하는 등의 문제를 출제하였다. 국어2 교과서가 있기는 하였으나 역설적이게도 거기에서는 문제가 나올 리 없었다. 문제에 제시되는 그 시나 소설을 미리 읽은 사람은 당연히 유리할 것이지만, 아무리 독서량이 풍부한 사람이더라도 그만큼의 시나 소설을 읽을 수는 없을 것이다.

하지만 나는 내가 느끼고 떠오르는 대로 답을 적었고, 남들이 부러워할 만큼 나름 잘 맞혔다.

그것은 순전히 그 새벽을 견뎠던 한 권의 책, 그리고 다음 책이 오기를 기다리면서 어쩔 수 없이 몇 번이고 반복해서 읽었던 그 책 덕분이라고… 지금까지도 일말의 의심 없이 믿고 또 믿고 있다. 덤

으로 시간 날 때 가끔 책을 드는 습관 역시 그 덕분이라고 믿고
있다.

나의 누나는 나를 부천으로 끌어올려 주었을 뿐 아니라, 나의 국
어 실력까지도 그렇게 끌어올려 주었다. 《솔로몬의 동굴》이 그 시
작이었다.

# 오누이

외삼촌은 그 시절에도 가끔 선글라스를 끼고 나타났다. 구레나룻 자국이 선명한 얼굴에 낀 선글라스는 어린 눈에 참 멋있었다. 실제로 외삼촌은 잘생겼다. 장흥에 교도소가 하나 있다고 했고 외삼촌은 그곳에 근무하는 교도관이라 했다. 감옥에 갇힌 사람들을 감시하는 일을 한다는데, 외삼촌처럼 잘생긴 사람이 할 만한 일이라고 생각했다.

시골의 부엌은 낮고 습하다. 어머니는 끊임없이 허리를 굽혔다 폈다 해야 했고, 밖에서 안으로 부지런히 물을 길어 날라야 했다. 그 바닥은 자주 물기로 질었다. 그 한 켠엔 아궁이가 있다. 그 아궁이에 불을 때서 밥도 하고 그 불로 방까지 덥혔다. 밥을 하지 않는 작은방에도 군불을 때어 주어야 추운 겨울밤을 지낼 수 있었다.

설 전날과 같이 불을 때야 할 일이 많은 경우에는 방이 너무 뜨거워져 이리저리 몸을 비틀고 심지어 윗목으로 올라가기도 했지만, 그러하더라도 새벽이 되면 구들장은 다시 차가워졌다. 우리가 방에서 뛰어놀 때마다 할머니가 "뛰지 마라, 구들장 무너진다!" 하셨는데, 그 구들장이 정확히 뭔지는 몰랐어도 대충 발바닥 밑에 있는 그무엇이라고 짐작은 하였다. 예나 지금이나 방에서 뛰어노는 것은 다른 이유로라도 여전히 문제가 되었다.

어머니는 바빠 정신없다며 아궁이에 불 때 줄 사람을 자주 찾았다. 나오는 대로 누나들 이름을 소리쳐 불렀는데, 어떤 때는 취직해서 이미 집에 없는 큰누나 이름까지 나오기도 하였다. 익숙하였지만 그때마다 피식 웃었다. 누나들은 대개 귀찮아했지만 나는 자주 자청해서 하였다.

나는 그렇게 아궁이에 앉아 부지깽이로 땔감을 들썩이며 불을 때는 것을 좋아했다. 나뭇잎은 나뭇잎대로 장작은 장작대로 불을 붙이고는, 적당한 높이로 불길이 솥단지 바닥에 닿도록 하는 재주가 좋았다. 깊이도 중요했다. 너무 깊숙이 불을 피우면 방은 따뜻해지지만 솥에 가는 불이 부족했고, 너무 앞에서 불을 피우면 방이 소홀해졌다. 나름 기술이 필요했다.

불은 춤을 춘다. 나는 춤을 추는 불을 멍하니 바라본다. 한참을 그렇게 바라보다가 부지깽이를 놀리고, 부지깽이를 놀리다 또 그렇게 멍하니 바라본다. 그렇게 갖가지 모양으로 춤추는 불을 멍하니 바라보고 있으면 마음은 편안해지고 머릿속은 개운해졌다. 나중에 조로아스터교라는 것이 불을 숭배한다는 말을 들었을 때 나는 충분히 그럴 만하다고 생각하였다.

* * *

　그러나 그런 겨울밤을 지내기 위해서는 해마다 식구대로 땔나무를 구하러 산에 가야 했다. '나무하러 간다'고 표현했다. 들일이 끝나고 초겨울이면 어머니, 누나들과 함께 산에 가서 그해 겨울을 보낼 나무를 해야 했다. 아버지는 맨 나중에 나타나 리어카에 한가득 짐을 싣고 가는 일만 하였지만 그게 또 가장 중요한 일이기도 하였다.

　그때가 유일하게 '보름달'이라는 빵을 아버지가 사 주는 때이다. 해 짧은 초겨울에 하루 종일 나무를 하고 내려오다 보면, 지금 사는 집까지 가는 중간쯤 옛날에 살던 산비탈의 호동(湖洞) 마을의 회관이 있다. 아버지는 잠시 리어카를 멈추었고, 우리는 내리막길에 잡아당길 용도로 리어카에 묶어놓은 새끼줄을 잠시 놓고 여기저기 걸터앉아 쉬었다. 아버지는 그 회관에 달린 가게에 들러 숫자대로 보름달을 사 오셨다. 아버지가 사 주는 몇 안 되는 군것질거리였다. 나무를 하러 가면 보름달을 먹게 된다는 것은 일종의 공식이었다.

　나무를 한다는 것이, 더러 나뭇가지를 낫으로 쳐서 모으는 사람도 있었지만, 대개는 '솔가리'라고 불리던 바닥에 떨어진 솔잎을 갈퀴로 쓸어 담는 일이었다. 잎이 넓은 나뭇가지는 모아봐야 실제 양도 얼마 되지 않을 뿐만 아니라, 불길이 닿으면 제 모양 없어지기

바쁘게 허무하게 사라져 버려서 좋은 땔감이 아니다. 솔가리는 그 모양도 그렇고 그 자체로 아주 작은 장작이랄 수 있는, 화력 좋은 땔감이다. 나도 낫으로 나뭇가지를 문제없이 칠 수 있을 것 같은데 웬일인지 우리집 나무하는 일은 솔가리 긁는 일로 한정되었다.

초등학교 5학년 정도나 되었을까 하는 그 어느 해, 식구대로 나무하러 가기 전에 나도 흉내를 내 본다고 그때 벌써 익숙한 톱과 낫을 들고, 다른 동네까지 가서 그 뒷산 기슭으로 들어갔다. 동갑내기들과 낄낄거리면서 생생한 나무를 톱으로 자르고, 낫으로 가지를 쳐서 새끼줄에 묶어 냈다.

고요한 산중에서 우리들의 재잘거리는 소리와 나무 쳐 넘기는 소리가 크게 들려서인지, 아니면 우연히 시간대가 맞아서인지는 몰라도, 채 몇 그루 쓰러뜨리기도 전에 산지기가 바로 나타났다. 산지기에게 걸리면 톱과 낫을 다 뺏기고 얻어맞기까지 하니 일단 톱과 낫을 덤불에 숨기고 튀고 봐야 한다고 들었다. 뭐 사람들이 같이 쓰는 산에서 흔하디흔한 나무를 좀 베어내기로서니 그렇게까지 하려나 싶었다. 그런데 막상 산지기를 맞닥뜨리니 겁부터 덜컥 났다.

얻어맞지는 않았지만 결국 톱과 낫을 다 뺏기고 빈손으로 돌아올 찰나에, 문득 산지기가 "뉘 집 애기들이냐"고 물었다. "서관기 부락에 사는 김○○ 씨 아덜이요"라고 했더니, 산지기는 몇 가지 더 묻고는 지금까지 베어 버린 나무는 할 수 없으니 그냥 모아 가고 다시는 나무를 베거나 하지 말라고 했다. 감옥에도 갈 수 있다고 했다. 아무튼 나는 재수 옴 붙는 상황이라고 포기하였는데, 톱과 낫을 빼앗기기는커녕 선선히 베어낸 나무까지 가지고 가라고 하여 의아하였다. 저녁에 아버지에게 그 일을 말했더니 아버지가 허탈하게 웃으면서 그 산지기는 사돈뻘 되는 양반이라고 했다. 그러고는 다시는 산에 가서 나무를 베지 말라고 했다. 솔가리 긁는 것은 어쩔 수 없다고 쳐도 나무를 베면 정작 아버지가 감옥 간다고 겁을 주었다. 그 이후로는 산에서 나무 베는 일은 아예 단념하였다. 왜 우리 집에서는 솔가리 나무만 긁었던 것인지 그때 비로소 알게 되었다.

＊ ＊ ＊

아무튼 마을에 사는 사람들은 모두 그렇게 아궁이에 땔 솔가리를 뒷산에 가서 긁어대다 보니, 마을 뒷산 가까운 곳에는 갈퀴로 아무리 긁어도 긁힐 솔가리가 남아 있지 않았다. 그래서 으레 그러려니 하고 거의 산등성까지 올라가거나 심지어는 재를 하나 넘기도 하였다. 그러면 아직 마을 사람들 발길이 닿지 않은 곳에 솔가리들이 쌓여 있었다. 그것을 갈퀴로 긁어모으고, 잘 정리하면 새끼줄로 묶어도 버그러지지 않게 묶는 재주를 부릴 수 있었다.

솔가리를 긁는 것 자체는 그리 고된 일은 아니다. 하지만 그것을 이고 지고 재를 다시 넘어 아래까지 반복해서 나르는 것이 더 고된 일이었다. 굳이 등산이라는 것을 따로 할 필요 있으랴. 나르는 동안에 어쩔 수 없이 땅에 떨어지는 솔가리가 아까웠다. 그렇게 나무를 산기슭으로 옮겨 내려서, 새로 다시 모아 새끼줄에 묶기도 하고

마다리(양곡을 넣던 부대)에 넣기도 하여 리어카에 싣고 집으로 내려온다.

대개 며칠 그렇게 나무를 하면 그해 겨울을 지낼 준비를 비로소 마치게 되는 것이다.

그러한 나무할 때의 기억 때문일 것이다. 나는 다 큰 이후에도, 차를 타고 가다가 가까이 보이는 깊은 산중도 아닌 그런 곳에 버젓이 쌓여 있는 솔가리, 이젠 아무도 긁지 않는구나 싶은 그 솔가리를 볼 때마다 "아이고 저 나무… 여기서만 해도 그냥 한 짐 나오겠네"라고 생각하곤 하였다. 나무를 긁지 않아도 되는 처지가 되었어도 그런 생각을 하고 있는 나 자신이 싱거웠다.

어느 날 외삼촌이 예의 그 선글라스를 끼고 대문에 들어섰다. "기표야!" 외삼촌은 집에 오는 인기척을 늘 이렇게 내 이름을 부르는 것으로 하였다. "누나들은 어딨냐? 얼렁 와서 나무 날라라" 하고 내 손을 잡아끌었다. 그 큰 트럭은 집 바로 앞에까지는 들어올 수 없고, 살구 밖으로 꽤 나가야 있었다. 트럭 운전석에는 낯선 아저씨가 앉아 있고, 짐칸에는 어디선가 가지치기를 한 듯한 나무들이 한가득 실려 있었다. 묶음은 초등학생인 내가 나르기에는 너무나 무겁게 되어 있었던 것으로 보아 건장한 사람이 셈하여 묶은 것임에 틀림없었다. 둘이서도 도저히 들 수는 없고 질질 끌어 집에까지 날라야 했다.

그렇게 나무를 하나 가득 나르고 나면 그해에는 따로 산에 나무를 하러 가지 않아도 되었고, 아끼지 않고 불을 때고도 이듬해까지 남았다. 아버지와 어머니가 말씀하시는 중에, 교도소에서 어찌어 찌 가지 친 나무를 어떻게 가져온 것이라 하였다. 그 시절이니 가 능했을 것이다. 외삼촌이 어떻게 그 나무들을 가져왔는지는 잘 몰 랐지만 그해에는 나무를 하러 가지 않아도 되니 그렇게 좋을 수가 없었다.

어스름 져가는 산에서 아직 일이 끝나지 않은 애달픔은, 그 산에 차츰 져가는 어스름과 그대로 같은 느낌이다. 보름달쯤은 굳이 안 먹어도 서운할 것이 없었다.

* * *

어머니는 전쟁 통에 없어진 언니 대신 맏언니와 누나 역할을 하 였다. 막내인 이모는, 어머니가 시집갈 때 고흥 외가에서 첫날 신방 을 차렸을 때, 하도 언니를 찾으며 울어서 어쩔 수 없이 신방에서 하룻밤 재웠다는 말을 전설처럼 하였다. 이모의 단골 레퍼토리라서 내가 다 줄줄 외우고 있을 정도인데, 이모가 기억하고 하는 말인지 이모도 들어서 하는 말인지는 모르겠다.

어머니는 외삼촌 얘기를 할 때마다 그 도입부는 늘 "느그 외삼촌 이 참 잘생겼었다잉"으로 시작하였다. 막내 이모 바로 위이고 어머 니 바로 밑인 외삼촌 역시 어머니를 많이 따르고 의지하였다고 한 다. 어머니의 형제간들에 대한 평소 마음 씀씀이나, 이모나 외삼촌 에게 늘어지도록 대하는 것을 보면 충분히 이해가 간다. 외삼촌은 그런 당신의 누나가, 자기가 살던 집보다 십분의 일쯤, 아니 이십분의 일 정도일까 하는 그런 가난한 집에 살게 되고, 시어머니의 호된 시집살이를 하면서 남편은 밖으로만 도는 그런 삶을 사는 것을 누구보다 안타까워했을 것이다. 내 누나가 그렇다면 어땠을 것인지 생각하면 쉽게 감정이입이 된다.

외삼촌은 그런 감정을 어머니에게 직접 나타내지는 못하고, 그렇게 어느 해는 나무하러 산에 갈 필요 없이 땔나무를 가져다주거나, 어느 해는 홀연 나타나서 나를 데리고 예당장(오일장 중 내가 살던 예당리에 섰던 장)에 데리고 가는 것으로 대신하였던 것이다. 외삼촌이 오는 날이 마침 예당장이 서는 날이었는지, 외삼촌이 장날에 맞추어 왔는지는 모르지만, 외삼촌은 내 손을 끌고 장터로 데리고 갔다. 이것저것 맘에 드는 것을 사도록 했는데, 그때 큰맘 먹고 사달라고 했던 주둥이 털이 고왔던 부츠의 모양과 빛깔을 나는 아직도 잊지 못한다.

그러한 외삼촌은 그때부터 내가 되고 싶은 이상형이 되었고, 나는 꼭 그렇게 되겠다고 다짐했다. 여자 형제들이 많은 나는, 나를 '외삼촌'이라고 부르는 조카가 많다. 때로는 순서도 헷갈릴 정도로 많지만, 나는 그 조카들에게는 언제나 나 어릴 적 그 외삼촌의 모습이고 싶어 했다. 그리고 나는 그렇게 하였다.

시간이 흐르고 흘러 어머니에게도 외삼촌에게도 세월이 쌓였고, 그동안 나는 공직을 그만두고 변호사를 하게 되었다. 아무래도 이전보다 여유가 생기게 되자, 명절이 되면 그동안 공직에 있으면서

챙기지 못했던 이모, 외삼촌에게 선물을 보내드렸다. 나름 제일 좋은 것으로 골라 보내드렸다. 이모나 외삼촌이 어떻게 나에게 해 주셨는지 아는 내 아내도 기쁜 마음으로 선물을 골라 주었다. 이모가 전화로 "기표야 고맙다. 니 외삼촌도 나한테 전화해서 너도 받았더냐고 하면서, 이놈이 내 죽을 때까지 평생 이 쇠고기를 보내줄랑갑네 하면서 좋아하더라"고 하였다.

나는 정말 그분이 돌아가실 때까지 그렇게 보내드릴 생각이었다. 그런데 몇 해 전에 너무 일찍 가시고 말았다. 이모는 그렇게 말하던 사람이 그렇게 일찍 갔다고 울었고, 어머니도 울었다.

\* \* \*

세 살 아래 막냇동생 민정이는 내가 아들이 아니었으면 혹시 안 태어났을지도 모른다고 생각하였다.

위로 딸만 다섯이 있는 채로 어머니는 나를 낳으셨다. 아들 못 낳는다고 며느리를 구박하던 할머니가 내가 태어나고는 예당장에 가서 "우리 메느리가 아덜을 낳았소"라고 외치고 다니셨다니, 정작 당사자인 어머니의 기쁨이 어땠을지는 짐작하고도 남는다.

내가 20~30대에 시골에 내려가서 어른들을 만나 인사를 하는데 어른들이 나를 못 알아보면, 나는 "누구 집 아들입니다"라고 한다. 그러면 그분들이 가장 많이 하는 말씀이, "아! 그 아들 못 낳는다는 집 그 아들이 이렇게 컸소?"라고 할 만큼 우리집은 근방에서 아들 못 낳기로 유명한 집이었다.

그렇게 아들을 못 낳다가 애를 또 낳으면 그다음에는 틀림없이 아들이라는… 지금 듣기에는 너무 근거 없이 떠도는 말을 어머니는 또 믿으셨던 모양이다. 그렇게 해서 마지막이라고 낳으셨는데 또 딸이 나왔고, 그것이 막냇동생 민정이다.

누나들만 있었던 나는 동생인 민정이를 참 귀여워했다. 동생이 생기면 시샘을 한다는데, 나는 그렇지 않았다. 동생이 생겨도 충분히 귀여움을 받던 처지여서 그랬을까. 나는 동생 민정이를 귀여워했고 민정이는 오빠인 나를 특히 많이 따랐다. 다른 형제에게는 한없이 무섭고 어려웠던 아버지가 막내 민정이에게 보이는 살가운 모

≪ ❶ 내 생애 첫 사진. 왜 이때 사진을 처음 찍었는지는 사연이 좀 있다. 생애 첫 사진이 남대문 열린 것이라니 원… 옆에 업혀 있는 아이가 막냇동생 민정이, 업고 있는 이가 넷째 누나, 그 앞은 나보다 한 살 많은 같은 동네 살았던 사촌이다.

≪ ❷ 내가 초등 3~4학년이나 되었을까 하는 때이고, 우리는 매해 여름에 식구대로 10킬로미터는 족히 넘을 거리에 있는 해수욕장을 걸어 다녔다. 해수욕장이라 봐야 뻘이 많은 바닷가 중 일부 구역을 구획해 놓은 데 불과할 뿐이었지만.

≫ ❸ 역시 해수욕장 가는 길에… 그러고 보니 여기가 지도상 '득량만'이라고 표기되는 곳이다.

습도 시샘하는 마음보다는 이해하기 어려운 낯설음이랄까, 그런 것을 느끼는 정도였다.

나는 갑자기 6학년 때 부천으로 올라가기로 결정이 되었다. 어머니는 미리, "아부지가 너 혹시 부천 누나 집에 가서 살라냐고 물어보면 벨소리 말고 무조건 간다고 해라잉. 엄마하고 여기 계속 살아봤자 너는 그냥 평생 여기서 농사나 짓고 살아야 한다잉. 알겠지야?" 하고 몇 번을 다짐받았다. 다음 날인가 저녁 먹은 후 아버지가 마당에 한참을 혼자 앉아 계시더니 곧 나를 따로 부르시고 물어보셨다. 나는 어머니한테 다짐한 대로 부천 가고 싶다고 하였고, 아버

⋀ ❶ 바닷가에서 빠질 수 없는 튜브(당시에는 '주브'라고 했다)도 타고, 나와 민정이다.

⋀ ❷ 초등학교 1학년 때 소풍 가서 4학년인 바로 위 다섯째 누나와 찍은 사진이다. 이 사진 찍을 때가 어렴풋하게 기억이 난다. '예당사진관' 아저씨가 소풍에 동행하여 원하는 사람만 찍어서 나중에 돈 받고 인화해 주었는데, 누나가 손을 들었던 것 같다. 긴장한 누나 표정이 재밌다.

지는 깊이 침묵하시더니 그냥 "알았다"고만 하였다.

그렇게 나는 부천으로 가기로 결정되었다. 민정이는 내가 떠난 후에는 정말 혼자 남겨진 외로움을 느꼈다고 하였다. 철들고 나중에 한 말이다.

*** * ***

그렇게 나는 부천에서 살며 부천에서 길러졌고 민정이는 여전히 전남 보성의 작은 마을에 머물러 있었다.

민정이는 내가 오랜만에 내려와 들려주는 '서울' 생활(그냥 시골에서는, 부천이고 어디고 간에 다 서울이었다)에 유난히 귀를 기울이고 호기심 어려 했다. 당연하다. 나이 좀 들어서야 평화로운 전원생활일 수 있겠으나, 어린아이들에게는 끝없이 펼쳐진 논은 지루할 뿐이고, 하고 싶지 않은 일을 해야 하는 일터일 뿐이며, 해 뜨고 저무는 일상은 그저 반복되는 무채색의 심심함일 뿐이었을 테다.

간혹 집에 내려가면 어머니가 가끔 "저것은 밤새 숙제를 하다가도 못할 것 같으면 포기를 하는 것이 아니고 눈물을 뚝뚝 흘려가면서도 숙제를 다 해 가는 애기다"고 하면서 혀를 내두르셨지만, 그 학년에서 공부를 제일 잘한다는 말은 그저 심드렁하게 할 뿐이었다. 잘해 봐야 시골이고 어차피 상업고등학교에 갈 터이니 그리 대단한 것은 아니라고 생각하셨을 것이다.

아버지는 누나들에게 그러했던 것처럼, 역시 막내가 고등학교 진학을 구체적으로 결정할 시점이 되자 두말할 여지를 주지 않고 당연히 상업고등학교에 가는 것으로 정하였다.

아버지는 완강하신 분이다. 민정이가 중학교 3학년이고 내가 고등학교 3학년이었던 그때 그 어느 날, 민정이가 아버지의 통보를 듣고 전화를 해왔다. "나는 죽어도 상고 안 간다. 상고 가게 되면 차라리 죽어버리겠다. 언니들이 그렇게 많은데 왜 오빠만 데리고 가고 나는 안 데리고 가는가?" 대충 이런 말을 격앙된 채로, 그리고 끝내는 울면서 하였다.

자신들도 사실은 다른 진로를 가고 싶었으나 그러지 못해 내내 아쉬워했던 누나들이 고민을 많이 하였다. 나도 민정이만은 저 원하는 대로 해 주는 것이 맞겠다고 생각하였다. 평생 어려워했던 아버지에게, 나는 용기를 내어 전화로 직접 말씀드렸다. "아버지, 민정이만은 저가 원하는 대로 해 주시면 좋겠어요. 누나들도 생각이 같습니다. 저도 대학교에 들어가면 아르바이트도 하고 아껴서 보탤게요."라고 하였고, 누나들도 따로 아버지에게 그리고 어머니에게도 분주하게 전화를 넣었다.

얼마 후 나는 민정이에게 부천여고는 어떻게 하면 입학할 수 있는지 알려 주게 되었다. 합격하지 못하면 결국 상고를 갈 수밖에 없으니 열심히 공부하란 말도 덧붙였음은 물론이다. 민정이는 부랴부랴 입학시험을 준비하기 시작하였다. 주어진 시간이 얼마 남아 있지 않았다.

＊ ＊ ＊

동생은 부천여고에 붙을 수 있을까 걱정할 정도로 입학시험 성적이 형편없었다. 세상에 아무리 까끄막(산) 시골이라도 1등이라는 놈이 참… 하였다. 자체 채점한 점수를 들어보고는 정말 떨어질까 봐 무척 불안하였으나 다행히 합격하였다. 내가 타고 다녔던 그 75번 소신여객 버스를, 이제는 민정이가 타고 부천여고에 다니게 된 것이다. 입학한 이후에는 학교생활에 적응을 아주 잘하는 것처럼 보였는데, 나중에 들으니 한동안 꽤 주눅들어 있었다고 하였다.

대학생으로 과외를 하며 생활비를 벌어 썼던 나는, 아깝게 서울대에 떨어져 다시 입시를 준비하는 민정이에게 돈 필요하면 언제든 연락하라고 했고, 따로 말이 없더라도 가끔 돈을 부쳐 주었다. 한번은 당시 서울대 안에 있는 농협지점에 가서 직접 돈을 송금하는데, 창구에 있는 수더분하게 생긴 직원이 "보내는 사람을 누구라고 할까요?"라고 해서, 순간 장난기가 발동해서 "'느그 오빠'라고 해 주세요" 했더니 그 직원이 빵 터졌던 기억이 있다. 민정이는 아직도 그렇게 통장에 송금인이 '느그 오빠'라고 찍혔던 에피소드를 기억한다. 픽 웃으면서 장난기가 오빠답다고 생각했더란다.

민정이는 고생 끝에 서울대학교 신문학과에 합격하였고(이 명칭이 더 좋은 것 같은데 나중에는 언론정보학과로 이름이 바뀌었다), 처음에는 바로 위 다섯째 누나 집에서 학교를 다녔다. 그 후 얼마 있다가 나도 모으고 민정이도 과외를 해서 모은 돈 등으로 대학교 앞에 있는 신림동 고시촌에 방 두 개짜리 반지하 방을 얻어 함께 살았다. 내가 처음에 학교 앞에 빈손으로 나가 자취하려고 얻은 방도 반지하 방이었고, 결국 결혼을 하여 신림동을 떠나올 때까지 계속 옮겨 살았던 집들도 모두 반지하 방이었다. 반지하 방들을 돌아다니다 보니 어떤 집이 그래도 습기나 곰팡이가 덜 차는지 정도는 이제 집을 얻으면서 알아볼 수 있는 안목도 생겨 있던 터였다. 그래서 민정이와 함께 살았던 집은 습기도 곰팡이도 잘 생기지 않는 나름 가성비 좋은 곳으로 얻을 수 있었다.

나는 민정이가 학과 공부도 열심히 하면서 학생회 일도 열심인 것을 무척 대견해하였다. 그때 내 의식으로는 그래도 어떤 의미에서든 선택받아 대학교 공부를 하는 사람이라면 사회에 대한 문제의식을 갖고 사는 것이 일종의 책무라고 생각하였다.

신림동의 '녹두거리'에서 모임이 끝나고 걸어가다 보면 동생이 어울리는 무리와도 자주 조우했다. 나는 장난기가 발동해서 "야, 모두 일루 와봐. 관등성명 대 봐!"라고 하였고, 민정이 친구들은 관등성명이라는 말에 낄낄댔다. 서로 잘 어울리면서 사회 문제를 함께 고민하는 녀석들이 좋아 보였다.

그중에는 내가 청와대에 있을 때 고민을 함께 나눈 모 언론사 청와대 출입 기자도 있었고, 민정이의 남편도 끼어 있었다고 한다.

* * *

동생은 취직보다는 공부를 더 하고 싶어 했고, 그래서 졸업하고 대학원을 진학하였다. 그리고는 프랑스로 유학까지 가고 싶어 했다. 그러나 저가 아무리 현지에 가서 돈을 벌어서 공부한다고 하더라도 여러 가지 여건상 그건 불가능하였다. 결국 민정이는 프랑스 유학은 포기하고, 과외도 하고 방송사에서 번역 아르바이트를 하기도 하는 등 시간을 보내다가 결국 취직까지 하였다. 다니는 회사가 어떠냐고 가끔 물어보면, 그래도 내 눈치가 보여서 그랬는지 그 속내를 다 말하지 않은 듯하였지만, 회사에 만족하지 못하고 답답해하는 것은 틀림없었다.

민정이는 결국 어느 날 아주 짧게 다니던 회사를 그만두었다고 통보하였다. 본래 이 아이가 아무 대책 없이 저지르는 것에 소질이 있는 줄은 알았지만 당황스러웠다. 나는 그런 동생이 안타까웠지만 한편으로는 이해가 되었다. 그러하더라도 내 관점에서는 동생이 나이가 들어서도 자리를 못 잡고 헤매고 있는 것 또한 분명하였다.

민정이가 아직 대학원에도 들어가기 전으로 돌아가서, 내가 사법시험에 합격하고 사법연수원 1년 차였던 때의 일이다. 나는 '국제통상법학회'의 일원으로 유럽을 연수할 기회가 주어졌다. 물론 모든 비용을 내가 부담하는 것이었지만, 첫 일주일은 공식 연수 일정이었고, 나머지 일주일은 개인 자유 일정이었다. 그때 나는 그해 결혼하여 신혼인 아내와 함께 민정이도 자유 일정에 맞추어 오라고 하였다. 대학교 다니면서 유독 프랑스에 많은 관심이 생긴 동생에게 프랑스를 직접 보여 주어 안목을 넓혀주고 싶어서였다. 그래서 자유 시간이었던 일주일 전체를 파리를 중심으로 프랑스에만 머물렀다. 그때부터 민정이는 부쩍 프랑스에서 유학하고 싶어 하였던 것이다. 그런데 이후 막상 대학원까지 졸업한 후 적응을 잘 못하는 것을 보니 그때 괜히 경제적 형편도 안 되는데 눈만 높여 주었나 하는 후회까지 들었다.

어느 날, 그렇게 회사를 그만두고 하릴없이 놀고 있는 민정이를 불렀다. 나는 이미 사법연수원과 군법무관까지 마치고 초임 검사로 일하고 있을 때였다. "그러지 말고 너 사법시험 공부 한번 해 보아라. 내가 필요한 돈은 얼마든지 대주마"라고 하였다. 민정이는 저 자신도 여러 고민을 하였던 끝인지 선선히 그러마겠다고 했다.

당시 나는 아내에게는 이 말을 굳이 하지 않았다. 시누이가 많은 집의 남편인 나는, 거짓말은 하지 않더라도 굳이 아내에게 모든 말을 옮기는 것은 오히려 여러 관계에 해를 끼칠 수 있다고 생각하던 터였다. 검사라고 하더라도 어차피 공무원인 처지에 월급은 넉넉지 않았다. 하지만 아이도 어리고 하여 견딜 만했다. 누나들은 더 적은 월급에도 나와 민정이까지 키워내지 않았는가. 민정이는 열심히 하였고, 다행히 빠듯한 생활비로도 곧바로 합격하여 주었다.

민정이가 사법시험 합격 소식을 전한 날은 내 생애에서 가장 기쁜 날 중의 하나로 손꼽는 날이다. 탄탄한 벽같이 느껴지는 세상에서 든든한 우군을 얻은 느낌이었고 비로소 외롭지 않았다.

≪ 1999년 파리에 같이 갔을 때이고 아내가 찍어준 사진이다.

민정이는 당시 내가 여러 기쁜 말을 한 중에서도 "훌륭한 법조인이 되어라"고 하였던 너무나 평범한 말에 깊은 감명을 받았다고 하였다. 자신이 막상 법조인이 된다는 기쁨 때문에 그렇게 느꼈겠지만 정말 훌륭한 법조인이 되겠노라고 마음먹었다고 한다. 그래서 자신도 그 후 아는 후배들이 사법시험을 합격했을 때 똑같이 그 말을 해 주었다고 한다.

\* \* \*

부모님이 지금도 여전히 농사지으며 사시는 집 부근에는 2번 국도가 지나간다. 목포에서 부산까지 이어지는 길이다. 일제 치하에

깔린 길이라고 하는데, 어렸을 때 어른들이 부르는 말을 따라 나는 그 길 이름을 그저 '신장로'로 정도로 알고 있었다. 나중에 어느 소설에선가 '신작로'라는 단어로 활자화된 것을 보고 비로소 그 뜻을 알게 되었는데, 이전의 길과는 완전히 다른 개념으로 만들어진 길에 대한 일종의 경탄이 배어 있다고 생각하였다.

그 신작로에는 민정이의 합격 소식을 전하는 플래카드가 걸렸다. 예의 그 "김○○ 씨 딸 김 아무개 제○○회 사법시험 합격" 이런 글귀였고, 예당리 청년회였던가 그런 명의로 걸렸다. 내가 합격했을 때 걸렸던 바로 그 자리였다.

그리고 민정이가 사법연수원을 마친 그 2년 후에는 '축 남매 검사 탄생!'이라는 다소 민망한 문구로 시작하는 플래카드가 다시 그 자리에 걸렸다. 역시 예당리 청년회의 이름이었던 것 같다. "그 플래카드 걸린 곳을 하루에도 몇 번씩 왔다갔다하며 싱글벙글하더라"고, 어머니는 아버지의 흉을 보았다.

그렇게 민정이는 검사가 되었다.

가까운 사람이 같은 직업을 가지고 있으면 편할 때가 많다. 직장의 애환을 말하면 긴 설명 없이도 바로 알아듣기 때문에 서로 고민을 나누기도 편하다. 일을 한참 배워야 하는 초임 검사로서 민정이의 눈에는 이미 고참 검사가 되어 있는 내가 무척 높아 보였을 것이다. 민정이는 정작 선배나 부장에게 물어보기 어려운 일들을 가끔 상의하였고 나는 내가 아는 한도에서 최대한 알려 주었다. 사건의 결론을 어려워할 때도 내 의견을 말하여 주곤 하였다. 체득하는 속도가 빠른 아이라고 생각하였다. 무엇보다 카카오톡 같은 것이 없던 시절에, 검찰 자체 메신저로 연결되어 여러 의사소통을 하고 있는 우리들의 그런 상황이 가끔 새삼스럽게 느껴지기도 하였다.

내가 서울중앙지방검찰청 특수1부에 근무할 때이다. 현직 부장검사가 뇌물을 받았다는 기사가 떠들썩하였고, 검찰에서는 제 식구 감싸기 논란을 피하기 위해, 수사할 때는 총장에게 보고 하거나 지휘를 받지 않고 독립적으로 수사하고 그 결과만 보고하게끔 하는 '특임검사'라는 것을 임명하였다. 검찰로서는 조직의 명운이 걸려 있는 일이라고 생각하였다.

날짜는 잘 기억하지 못하지만 초겨울로 접어드는 금요일 오후였다. 그 오후 4시쯤 되었을까 법무부에서 인사를 담당하는 검사가 전화를 하여 특임검사팀으로 차출되었다는 통보를 하였다. 지금 마포에 있는 서울서부지검에 특임검사팀이 꾸려지는데 하던 일 바로 정리하고 당장 그곳으로 이동하라는 것이었다.

당시 부장님은 현재 대통령이 되어 계신 분인데, 부장님께 보고하였더니 수사하고 있는 모든 자료를 다른 검사에게 즉시 인수인계하고 특임검사팀으로 이동하라고 하였다. 나는 그날 오후 내 방에 있는 모든 직원과 함께 곧바로 서울서부지검으로 향했다.

＊ ＊ ＊

그렇게 소집된 당일인 금요일 저녁 7시에 첫 특임검사 회의가 서울서부지검에서 열렸다. 초겨울이라 이미 어둠이 내려 있었다. 냉기 어린 회의실에 전국에서 수사 좀 한다고 하는 검사들이 하나둘씩 모여들었다. 지방에서 올라와 회의 중간에 들어오는 검사도 있었다. 처음 보는 사람도 있었고 익숙한 검사들도 있었다. 당시 특임검사 밑에서 수사 실무를 총괄한 부장검사가 현재의 검찰총장이다.

추운 날씨 탓인지 회의 분위기는 더 비장했고, 대강의 사건 브리핑이 끝난 후 특임검사는 검찰 조직의 명운이 달린 일이라는 말을 몇 차례나 강조하였다. 우스갯소리로 '뼈를 갈아 넣어라' 뭐 이런 말을 하고 있는 것이다. 당시 회의 결과는 간단히, 토요일인 내일은 압수수색영장을 청구해서 발부까지 받고, 일요일에는 당시 피의자가 근무하고 있던 모 검찰청 검사실, 주거지 등을 포함해서 온갖 곳을 전격적으로 압수수색을 한다는 것이었다. 정말 아무것도 없다시피 한 맨땅에서 토요일 하루에 기록을 다 만들어 법원에서 압수수색영장까지 발부받아야 하는 상황이었다. 그런데 특수부 검사라면 흔히 맞닥뜨리는 상황이고, 당연히 그 자리에 모인 검사들도 원래 그런 것이다 하는 분위기였다.

나이가 들어가는데도 결혼하지 않는 민정이에게 가끔 결혼 안 하느냐고 물어봤다. 민정이는 그때마다 생각이 없다고 하면서도, 하게 되면 아무개하고 할 것 같다고 여운을 남겼다. 그런 민정이가 어느 날 그 아무개와 결혼을 하겠다고 말했고, 나는 과년한 딸이 결혼하겠다고 하는 것만큼이나 기뻤다.

민정이는 여기저기 사람들 불러 떠들썩하게 하는 결혼식이 싫다고 하면서 조촐히 가까운 친인척들만 불러서 식을 올리겠다고 했다. 나는 그래도 지인들을 넓게 초청하는 것이 예의일 것 같다고 설득하였으나, 그 녀석은 언제나 그렇듯이 고집을 세우면 쉽게 꺾지 않았고 아무도 못 말렸다. 그때까지만 해도 이른바 '스몰웨딩'이 아직 낯선 때였으므로 아버지는 더더욱 이해를 하지 못하셨다. 민정이 좀 어떻게 설득해 보라고 아버지도 나에게 거듭 말씀하셨다. 하지만 결국 소용이 없었다.

연로하신 아버지는 민정이의 결혼식에서 당신 대신 내가 분주히 이러저러한 일을 해주기를 원하셨다. 그리고 나 역시 그 기쁜 날에는 예식을 잘 치르고 부모님 모시고 형제들과 어울려 밤새도록 이야기꽃을 피우고 싶었다. 그래서 정말 그날을 손꼽아 기다리고 있었다. 그런데 그렇게 내일이면 재밌게 놀겠네 하고 있는데 그날 저녁에 특임검사팀에 차출이 되어 버렸다. 특임검사팀으로 차출된 바로 다음 날이 민정이 결혼식이었던 것이다.

그렇게 특임검사 첫 회의 겸 상견례가 끝나고 고민 끝에 당시 부장께 다음 날 있을 동생의 결혼 사실을 말하였다. 모두 바짝 긴장하고 수사를 시작할 마당에 첫날부터 일이 있어서 자리를 비우겠다고 말하는 것은 참 김새고 면목 없는 일이었다.

일단 당일이 되어서 아내에게는 애들 데리고 따로 결혼식장에 가라고 하고, 나는 아침 일찍 서울서부지검으로 출근을 하여 일을 하다가 시간에 맞추어 그대로 결혼식장으로 향했다. 민정이와도 같이 근무한 적 있는 부장은 자신은 못 가봐서 미안하다고 하면서도, 결혼식에 갔다가 최대한 빨리 오라고 하며 다시 미안하다고 했다. 그만큼 수사팀은 수사팀대로 절박하였다.

결혼식은 분당에서 있었는데, 토요일이라 돌아오는 길이 막힐 것이 걱정되어 나는 지하철을 타고 가기로 하였다. 외부 손님은 민정이 가까운 친구 1~2명 빼고는 일절 초대하지 않고, 친가 및 외가 친인척으로 한정하여 손님을 초대했는데도 우리 쪽 손님만 100명이 넘었다. 아버지, 어머니 형제간과 그 자손들이 모이니 그렇게 많았는데, 그중에서도 대부분이 친가 쪽 손님이었다. "세상에 할아버지로 인한 자손들이 이렇게 많다니!" 하면서 아버지는 연신 웃으셨다.

나는 결혼식을 마치고 가족사진만 찍고는 밥도 먹지 않고 다시 지하철로 서울서부지검에 복귀했다. 그리고 그다음 날 새벽에 압수수색을 하러 갔다. 민정이 결혼식 날 부모님과 내 형제간들은 지방에서 올라온 작은아버지까지 해서 나만 빼고(!!) 밤늦도록 함께 놀았다.

\* \* \*

그 후 몇 년이 지나 나는 검사직을 그만두었다. 사연은 특별할 것이 없으나 그래도 그때의 심정만은 언젠가 글로 써볼 날이 올 수도 있겠다. 여하튼 나는 이후 변호사로 열심히 활동하였고, 민정이는 지금까지도 검사로 잘 근무하고 있다.

영어 문법책이란 것도 못 보고 부천에 올라온 녀석에게 내가 단어나 문법도 가끔 가르쳐 주곤 했었다. 그런 민정이가 영어 실력을 인정받아 검찰 근무 중 남편과 함께 미국으로 유학도 가고 이후 미국 검찰청에서 실무 경험까지 갖추게 되었다. 이제는 영어 실력도 내가 도저히 넘보지 못하게 되었다.

민정이가 유학하던 시절, 시간을 내어 민정이가 살던 보스턴에 들른 적이 있다. 민정이는 남들이 흔히 하는 여행 같은 것은 일절 하지 않고 하루하루를 아껴가며 정말 열심히 공부만 하고 있었다. 남들이 보면 미련스럽다고 할 수도 있는 일이었다. 다시 오지 않을 기회이므로 틈틈이 미국 전역을 여행 다니는 것이 다른 유학하는 이들에게는 당연한 생각이었다. 그러나 나의 눈에는 민정이가 어렸을 때 프랑스 유학을 못 갔던 한을 그렇게 풀고 있는 것으로 보였다. 참 끈질기다고 생각했다.

민정이가 검사가 된 이후에도 세월은 그렇게 흘렀고, 많은 것이 변했다. 그때부터 또 지금까지 의지하며 어울려 산 세월을 풀어내자면 또 한 묶음의 이야깃거리일 것이다.

민정이는 비록 나와는 세 살 차이밖에 나지 않는 동생이지만, 나의 관념 속에는 평생을 내가 가르치고 보호해 줘야 하는 마냥 어린아이로만 있었다. 그런데 어느 날 문득 따져보니 이 아이도 벌써 50이 가까운 나이가 되어 있었다. 내가 검사를 그만두고 변호사가 되었을 때보다 더 많은 나이인 것도 새삼스러웠다.

내가 최근 인생의 중요한 결정을 하였던 것도 민정이의 역할이 매우 컸다. 민정이와 흉금을 털어놓고 솔직히 얘기를 나누고 서로의 인생에 대한 관점도 말하면서, 내가 앞으로 무엇을 해야 하고 어떻게 살아가야 할지, 내가 무엇을 가장 잘할 수 있을지, 내가 무엇을 할 때 가장 행복할 것인지가 점점 뚜렷해졌다. 나 자신보다 저 아이가 나를 더 잘 아는 것 아닌가 하는 생각마저 들었다.

우리 부부는 민정이 내외를 자주 집에도 부르고 밖에서 식사도 함께한다. 내가 속 편히 별의별 말도 다 하는 자리이다. 아내도 그 자리를 즐거워한다. 무엇보다도 내가 민정이를 만났다고 하면 시골에 계신 어머니가 제일 좋아하신다. 어머니는 막내인 민정이를 아

직도 내가 보살펴야 하는 존재로 여기시면서 내가 그 옆에 있다고 든든해하신다.

그러나 그것은 이제 어머니가 잘못 알고 계신 것이다. 이제 민정이는 더 이상 내가 보살펴야 할 어린아이가 아니라, 오히려 내가 그로부터 많은 것을 배우는 그런 존재가 되었고, 나의 가장 든든한 지지자가 되었다.

나의 아이들도 오누이이다. 큰애가 아들이고 둘째가 딸이다. 어머니와 외삼촌이 그랬던 것처럼, 나와 민정이가 그랬던 것처럼, 이 아이들도 서로 의지가 되면서 세상을 잘 살아 나가기를 바란다. 그럴 것이라고 믿는다.

## 자전축, 공전면

"엄마하고 여기 살아봐야 평생 농사나 지어야 하니, 아버지가 물어보시면 무조건 부천 간다고 해라"는 어머니의 거듭된 다짐에 따라, 며칠 후 나는 아버지의 예견된 질문에 분명하게 답하였다. "부천 누나 집에 가서 살고 싶습니다."

그것은 이제 부모와는 떨어져 살게 된다는 것, 잠시가 아니라 이 길로 이제 더 이상 부모님과는 함께 살지 못한다는 절망적인 직감을 동반하였다. 아버지는 깊이 침묵하시더니 "알았다"고만 하셨다.

하지만 어쩌면 어머니의 거듭된 다짐이 아니었더라도 나는 같은 대답을 하였을 것이다. 부천에 간다는 것은 일단 뙤약볕에 들에 나가 일하지 않아도 된다는 것을 의미했다. 정말 환장하게(이 말만큼 정확한 말이 있을까) 내리쬐는 태양 한가운데에서 사람을 몽롱의 지경까지 이르게 하는 끊임없는 허리 굽힘과 쭈그림에서 벗어난다는 것

을 의미했다. 나는 농사짓는 것이 싫었다. 노동의 숭고함, 이런 것을 논할 나이가 아니었다.

적어도 작년에 시작된 프로야구, 그 중계를 하는 시간에 아버지가 논에 농약 치러 가자고 할 일은 이제 없었다. 나는 나이 들어가면서도 한참을 농담으로라도 전원생활을 하고 싶다거나 텃밭을 가꾸고 싶다는 흰소리는 하지 않았다. 그러나 지금은 어느새 기억이 쇠했는지 그것도 괜찮겠다는 생각이 가끔 경계를 넘어온다. 그런데 정작 검사 시절 외국 유학을 할 때는 단독 주택에 살았는데, 그 마당에 텃밭을 가꾸고 깻잎이며 상추며 길러 먹으면서 이웃에 사는 한국 교포들과도 나눠 먹었다. 태생은 못 속이는가 싶었다.

전학 날짜가 다가오면서 전교생이 방과 후에 따로 하였던 가을 운동회 준비를 어느 날부터 빠지게 되었다. 청군 백군도 이미 나뉘어져 있었고 나도 분명히 그중 하나에 속해 있었다. 친구들이 모두 곤봉 돌리기며 매스게임이며 운동회 준비를 하고 있는 옆을 지나 혼자 집에 가는 길은 설고 외로웠다.

\* \* \*

여름 더위가 채 가시지 않은 9월이었다. 내일 서울(부천이나 서울이나 '서울'로 통칭하였다. 이후에도 한참을 그렇게 하였다) 가는 준비는 대충 마치고 저녁까지 다 먹었을 때쯤, 갑자기 우리 앞집에 사셨던 6학년 담임 선생님이 대문을 열고 들어왔다. 술에 얼근하게 취해 있었고, 같은 반 여학생과 함께였다. 어머니는 마당에 펼쳐진 평상에 있던 저녁상을 물리고, 새로이 술상을 내었다.

모깃불이 하얗게 피어오르고 풀벌레 소리 요란했던 그 마당이었고, 여름 내내 더위를 피하던 그 평상이었다.

선생님과 같이 온 그 여학생은 지난 '솔로몬의 동굴' 편에서도 얘기했던, 가끔 담장 밖으로 나를 불러 토마토를 주곤 했던 동급생이었다. 나는 우리 학년 중 그 아이가 가장 예쁘다고 생각했고, 그 아이만 보면 참을 수 없는 웃음부터 나왔다. 아마 담임 선생님이 술 한 잔 하시고, 혼자 우리집에 오기 뭐 하셨는지 우리집 먼발치 뒤편에 살고 있던 그 아이를 데리고 온 것 같았다.

담임 선생님은 아버지와 술잔을 기울이며 나를 보내는 아쉬움을 토로했다. 잘 하는 일이고 또 어쩔 수 있겠습니까만 그래도 이놈이 어찌어찌한 놈인데 가게 되어서 서운하다고 하셨다. 술에 취해 과장되었겠지만 나는 선생님의 그 말씀 하나하나가 고마웠고, 인정받는 느낌이어서 좋았다.

선생님은 나에게 서울은 여기와 다를 것이니 진짜 정신 똑바로 차리고 공부 안 하면 큰일 날 거라는 말씀을 여러 번 반복하였다.

선생님과 아버지는 그렇게 밤늦도록 술잔을 나누셨고, 나와 그 아이는 자리를 벗어나 마당 한 귀퉁이에서 여러 얘기를 나눴다. 그날 그 아이의 그 사투리 섞인 말투와 목소리는 지금도 귀에 생생하다. 쓸쓸했다. 별 많은 초가을 밤이었다.

\* \* \*

내가 살던 예당은 기차역이 있는 동네이다. 부산 근방에서 광주까지 이어진 '경전선'은 부산 쪽에서 오다 보면 순천을 지나 벌교역 – 조성역 – 예당역 – 득량역 – 보성역을 거쳐 광주로 갔다.

그중 순천에서 출발하여 광주를 거쳐 서울까지 안 갈아타고 한 번에 가는 기차가 '특급'이라는 이름으로 생겼다. 하루에 한 번씩 다녔던 그 기차는, 서울까지는(정확히는 영등포역까지) 7시간이 좀 넘게 걸렸다. 그래도 명색이 '특급'이라고 체면을 세우는 것인지, 우리 예당역 바로 양쪽 옆에 있는 조성역과 득량역은 건너뛰고, 벌교역에서 정차하고 예당역에서 정차한 다음 바로 보성역으로 갔다.

예당 사람들로서는 그것도 은근한 자랑거리였다.

지금에 비하면야 참 한심한 수준의 속도지만, 호남선도 아니고 경전선이라는 철도의 주변에 살았던 그 사람들, 그리고 그때만 해도 모든 역에서 다 정차하는 완행에 익숙해 있었던 그 사람들에게는, 일부 역을 건너뛰어 가면서 서울까지 한 번에 가는 기차는 혁명과도 같은 것이었다. 특급열차가 서지 않는 지역에 사는 사람은 물론이고, 기차역이 없는 지역의 사람들로 예당역은 자주 붐볐고, 특히 명절에는 그 기차표를 예매하는 것이 거의 전쟁 수준이었다. 그 '특급'열차는 한참 후 '무궁화호'라는 이름으로 바뀌었다.

담임 선생님이 그렇게 술에 푹 취하다 가신 그다음 날, 어머니와 나는 아침 9시 좀 넘어 그 기차를 탔다. 무엇을 어떻게 챙겨갔는지는 기억이 없다. 어머니가 거의 다 챙겼을 것이다. 두꺼운 종이로 된 기차표는 명함의 반 정도 크기나 되었을까 그랬다. 그 기차표에 역무원이 볼펜으로 또박하게 눌러쓴 숫자를 찾아가 앉았다. 그래도 특급이라 완행과는 달리 지정된 자리가 있었다.

어머니는 내게 창가 자리에 앉도록 하였다. 나도 우리 아이들에게 하는 일이다. 어머니도 나도 아무런 말을 하지 않았고, 나는 창문 밖으로 흩어 지나가는 논두렁들과 저 먼 너머의 듬성듬성한 집들을 멍하니 보았다.

기차가 출발하여 보성 쪽으로 가다 보면 첫 번째 터널이 나타난다. 나는 지금도 그 터널의 색깔과 산을 지탱하는 아치형으로 배치된 돌들의 모양, 그 돌들 경계로 흘러내린 녹물인 듯한 그런 색깔의

자국이 기억에 선명하다.

기차가 들판 한가운데로 달릴 때부터 서서히 쌓이기 시작한 뭔가 알 수 없는 회색빛 기분이 그 터널을 보는 순간 눈물로 터져 나왔다. 그렇게 울기 시작한 것이 영등포역에 내릴 때까지 계속되었다. 울다 자다, 울다 쉬다, 울다 자다하였다. 어머니 무릎을 베고 울다가 다시 앉아서 울다가 다시 어머니 무릎을 베고 자다가 다시 깨어나서 울었다. 어머니는 간혹 한숨만 내쉬었다.

그랬다. 서울은 그렇게 울면서 가고 또 가도 나타나지 않는 먼 곳에 있었다.

* * *

그렇게 도착한 영등포역에는 서울 사는 이모가 나와 있었다. 이모는 나를 보면 항상 얼굴을 볼부터 우악스럽게 쓸어내린다. 다만, 이번에는 에구 '쯧쯧'하는 이런 유의 말을 더했다.

이모의 안내에 따라 부천으로 가는 전철을 탔다. 이전에도 서울에 와본 적이 있어 전철을 보기는 하였다. 하지만 평평한 앞모습은 여전히 못생겼다고 생각했다. 분명히 선생님은 기차 같은 것을 만들 때는 유선형으로 만든다고 했는데, 왜 저것은 저리 대패로 밀어놓은 듯 생겼는가 하였다.

부천 북부역에서 내려 짐을 들고 당시 심곡2동 동사무소 근처에 있던 누나가 사는 집으로 갔다. 그 집은 전체 2층이었는데, 1층은 주인이 쓰고 2층은 세를 주었다. 그래서 바깥 계단을 올라 2층으로 올라가면 1층과 비슷한 방과 거실 구조가 따로 있었고, 주인은 그것을 또 나누어 방 2개와 거실은 다른 사람에게 세를 주었다.

그 외에 하나 남은 귀퉁이 방 하나가 내가 누나들과 살 곳이었는데, 부엌이라고 해서 겨우 상하수도 시설이 되어 있는 곳에 연탄아궁이 하나 앉혀놓은 곳이었다.

부엌 쪽으로 출입문이 있어서 그 문을 통해 부엌으로 들어와 방으로 들어갔다. 비록 시골이었지만 그래도 초가집을 면하려고 방 몇 개 넣어 지은 기와집에 살다가 부엌 달린 방 하나를 보니 뭔가 답답했다. 그러나 이제는 익숙해져야 했다. 앞으로도 한참을 그런 방을 옮겨 다녀야 할 것을 짐작하였는지까지는 잘 모르겠다.

그런데 나중에 보니 이 연탄이라는 것이 아직 아궁이에 솔가리를 때고 있던 시골에 비하면 참 편리한 것이었는데, 한편으론 여간 귀찮은 것이 아니었다. 불씨를 꺼뜨리지 않으면서, 한참 자야 할 새벽에 일어나서 갈지 않도록 해야 하고 또 아침에 나가면서 갈 때 아깝지 않도록, 가장 최적의 불구멍을 찾아야 했다. 다 탄 연탄재를 들어 올리다가 버그러지는 날에는 재수 옴 붙는 날이 따로 없었다. 무엇보다 연탄가스 사고 관련 기사가 잊을 만하면 나올 때라 잠자리에 들 때마다 무서웠다.

이모는 그날 저녁 그 방에서, 오랜만에 만난 엄마 같은 언니와 수다를 떨며 늦게까지 놀다 갔고, 어머니는 그 방에서 하룻밤을 주무시고 그다음 날 특급열차 시간에 맞춰 서둘러 가셨다.

그렇게 부천에 처음 발을 디딘 날이 1983년 9월 15일이었다. 세는 나이로 12살 되던 해이다(나는 또래보다 1년 일찍 학교에 들어갔다).

나는 그날 밤 잠자리에 들면서 앞으로 이 날짜를 절대 잊지 않겠다고 다짐하였다. 그러고는 해마다 그날이 되면 나 혼자 기념하고 새겼다. 그런다는 사실은 누나한테도 아무한테도 말하지 않았다. 지금도 여전히 그렇게 한다. 다만 이제 내 아내만큼은 내가 그러고 있다는 것을 안다.

\* \* \*

다음 날 나는 큰누나 손에 이끌려 부천북국민학교라는 곳으로 갔다. 창문에 반 이름이 두 개 붙어 있는 곳이 있어서 저것은 무엇인가 했다. 나중에 알고 보니 오전반, 오후반으로 나뉘어 수업을 한다는데, 도대체 오후반 아이들은 아침에 집에서 논다는 것인가 이해가 되지 않았다.

무엇보다 높은 학교 건물과 학교 파할 때 몰려나오는 애들이 장관이었다. 시골에서는 단층 건물에 학년 별로 3개 반밖에 없어서 그 학년 아이들은 모두 알고 지내는 그런 분위기와는 사뭇 달랐다.

서울에 있는 회사에 전철을 타고 출퇴근을 했던 큰누나는 당시 25살이었다. 그런 사람이 다음 날부터 졸지에 바쁜 출근 시간에 동생 도시락까지 싸 주는 신세가 되었다. 한참 즐겁게 놀기에도 시간이 모자랐을 나이에 초등학교 6학년 아이까지 키우는 처지가 되었으니, 지금 생각해 보면 참 미안한 일이었다.

누나는, 오후 4시쯤 집에 와서 당신이 오기까지 혼자 있을 동생이 걱정되었을 것이다. 배고플 텐데 어떡하냐고 해서 나는 대뜸 라면 사 주면 내가 곤로에 끓여 먹겠다고 했다. 큰누나는 그것도 한두 번이지 질릴 것이라고 하였는데, 나는 단연코 그럴 일은 없을 것이라고 장담했다.

큰누나는 통 크게 라면을 아예 박스째 사주었는데, 시골에서는 도대체 엄두도 못 낼 엄청난 호사였다. 평소 부모님은 라면을 잘 사 주지도 않았을 뿐 아니라 한번 먹으려고 치더라도 입이 한둘이 아니어서 특별한 날 아니면 라면은 먹기도 어려웠다. 그것도 양을 늘리기 위해 소면을 함께 넣은 것이었는데도 말이다. 그런 라면인데 어떻게 질릴 수가 있다는 것인가. 나는 자신 있었다.

나는 학교 끝나고 집에 오는 대로 날마다 라면을 끓여 먹었다. 누나는 며칠 후부터 거의 날마다 괜찮으냐, 안 질리냐 물어봤다. 나는 정말 안 질린다고 했고, 큰누나는 얼마나 가나 보자 하면서 귀여워하였다.

결국 15일 연속 먹다가 큰누나에게 사실대로 말할 수밖에 없었다. 더 먹을 수가 없었다. 그래도 나는 지금도 라면을 간식으로 제일 좋아한다. 검찰에 근무하던 어느 날 진짜 라면 좋아하던 후배 검사에게 뭔 라면을 그리도 먹느냐고 했더니, 그 후배가 우스갯소리를 한답시고 "형, 나는 죽어도 몸이 안 썩을 것 같아요. 하도 라면을 많이 먹어서…"라고 하는 말을 듣고 배꼽을 잡았는데, 그렇다면 그

건 나한테도 해당되는 얘기였을 만큼 과거에는 라면을 참 많이도 먹었다.

부천에는 신호등이라는 것도 있었다. 차들이 저렇게 많으면 저게 필요하긴 하겠구나 싶었다. 전학오자마자 나에게 매우 친절히 대했던 친구가 있는데 그 녀석하고 걸어가다가, (정확히 북부역 사거리였다.) 횡단보도 앞에서 신호를 기다리는데, 그 녀석이 좌회전 화살표 신호가 켜지는 것을 보더니, 저 화살표가 꺼지면 아마 우리 건너는 신호등이 파란불로 바뀔 것이라고 예언(!)을 했고, 실제 그렇게 되어서 순간 너무 신기했다. 막상 횡단보도를 건너가면서는 '많이 건너다니다 보면 알 수도 있겠네' 싶었다.

＊ ＊ ＊

부천에는 무슨 쓰레기 버리는 날도 따로 정해져 있었다. 아침 거리 저 멀리서부터 쓰레기차가 오면서, 노래도 나오다가 녹음된 여성의 목소리도 나오다가 하였다. "시민 여러분, 오늘은 가연성 쓰레기를 버리는 날입니다"라고 시작하고 그 뒤로 또 뭐라 뭐라 했다. 며칠 있다가는 "시민 여러분, 오늘은 불에 타지 않는 쓰레기를 버리는 날입니다"라고 시작하고 연탄재 운운하였다.

나는 '가연성'의 대구(對句)로 '불에 타지 않는'이 되는 것이 들을 때마다 영 맘에 안 들었다. 도대체 운율이 안 맞는다고 생각했다. 아무튼 쓰레기도 따로 모아서 버려야 하고, 불에 타는 것과 안 타는 것도 구별해서 버려야 하는 것이 낯설었고, 뭔가 하지 않아도 되는 귀찮은 일이 추가되어 있는 것으로 느껴졌다. 특히 일요일 오전에 늦잠 자고 있는데 "시민 여러분…"이 들리면 눈곱도 떼지 않고 바로 일어나서 쓰레기를 바리바리 들고 계단을 내려가 골목으로 나가야 했다. 그때 못 버리면 쓰레기를 집에 며칠 더 쌓아놓아야 하였다. 그중 연탄재 내다 버리는 일이 가장 큰 고역이었다.

시골에 있다 보면 여름에 어디 가서 물놀이를 하거나 집에서 등목하는 경우 외에는 특별히 목욕을 할 일이 없었다. 그래서 추석이나 설 명절 전날이면 어머니는 물을 데워서 그날만큼은 대야에 물을 붓고 우리를 씻겨 주곤 하였다. 간지러워서 낄낄거리면서 몸을 이리 빼고 저리 비꼬면 어머니는 바빠 죽겠다며 등짝 스매싱을 날리기 일쑤였다. 하지만 결국 어머니도 웃음을 참지 못하였다. 어머니 웃음보가 터지면 두 웃음이 서로 상승하여 결국에는 둘이 죽는다고 웃곤 하였다.

초등학교 4학년, 5학년 담임 선생님은 같은 분이었고 젊은 총각이었는데, 뭐 조각 미남 이런 풍과는 거리가 멀었지만 하는 행동이 남자답고 멋져서 내가 참 좋아했다. 그분도 나를 유독 귀여워하셨는데 아마 5학년이던가 하였던 어느 날, 그 선생님이 학교를 마치고는 나에게 보성에 있는 목욕탕으로 함께 목욕을 가자고 하였다. 당시 목욕탕은 우리 사는 곳에는 없었고 보성 읍내로나 나가야 있는 것이었다.

버스를 타고 보성까지 가서 난생처음 목욕탕이라는 데를 갔다.

다른 것은 하나도 기억이 안 나고, 선생님이 내 등을 밀어주면서 "아이고, 뭔 때가 이렇게 많다냐" 하였을 때는 진심 창피했다. 집에 와서 아버지한테 목욕탕 간 것을 자랑하며 선생님이 그렇게 말했다고 했더니 아버지가 "어허 어허 허허허" 하고 웃으셨다. 그때 아버지의 웃음은 복잡한 것이었는데, 내가 느꼈던 창피함의 십분의 일쯤은 묻어 있다고 생각했다.

그런 목욕탕이 부천 내가 살던 곳에서는 바로 50미터 정도 앞 가까이에 있었다. 누나는 부천에 왔으니 그 목욕탕을 1주일에 한 번씩은 가야 한다고 하였다. 나는 같이 갈 사람도 없고 하여 일요일 오전이면 그 목욕탕에 혼자 갔다. 맨 처음 갔을 때 목욕탕 앞에 '귀중품은 계산대에 맡기라'는 글귀를 보았다. 부천에 올라오면서 옛날에 아버지가 차시던 구닥다리 시계를 갖고 올라왔던 나는, 작은 창문을 열고 빼꼼히 내다보는 주인아줌마에게 그 시계를 맡겼다. 그 주인아줌마가 황당해하던 표정을 지금도 잊을 수 없다.

＊ ＊ ＊

처음에 북초등학교에 가니 맨 뒤에 앉아 있는 아이는 거의 어른이 앉아 있는 줄 알 정도로 덩치가 정말 우리 아버지만 했다. 그날 집에 가서 누나한테 한참을 그 아이가 얼마나 큰지를 설명하는 데 할애했다.

부천 아이들이 분명히 시골에 있는 친구들보다 대체로 덩치도 더 크고, 여자아이들은 훨씬 더 성숙해 보였다. 반면에 나는 중학교에 가서도 별명이 땅콩으로 불릴 만큼 키가 작았는데, 주인집 아주머니는 내가 가방을 메고 다니는 것이 아니라 끌고 다니는 것 같다고 안쓰러워했다.

남자아이 중에는 다소 텃세를 부린 아이도 있었지만 결국 축구도 하고 달리기도 하면서 친해졌고, 여자아이들은 시골에서 온 땅꼬마 같은 애한테 많은 관심을 보였다. 뭔가 촌스러운 것이 나름 신기했을 것이다. 학교 끝나고 여럿이 집으로 놀러 오기도 하였다.

그중에서 내가 살던 집 가까이에 석유를 팔았던 집 아이가 있었다. 그 아이 집에 갔을 때, 쌀 푸는 되에 나무 자루를 달아서 그것으로 석유를 퍼서 파는 것을 보고 문득, 푸는 것과 계량을 한꺼번에 하는 것이 기발하다고 생각했다.

양쪽으로 머리를 묶어 갈래머리를 하고 다녔던 그 아이를 가끔 볼 때마다, 큰누나는 빼놓지 않고 어쩜 저렇게 예쁘게 생긴 아이가 있느냐고 했는데, 정작 그 아이에게 그 말을 전해 준 적은 없다. 그 아이를 몇 해 전에 우연히 만나 살아온 얘기를 하고 그때 재밌게 지냈던 여러 얘기를 나누다가, 내가 그 석유 팔았던 얘기를 했더니 그걸 기억하느냐고 놀라워했다. 아직 소녀 같은 감성이 넉넉한 중년으로 잘 살아가고 있었다.

그렇게 학교에 전학을 하고 며칠 후 바로 시험을 본다고 하였다. 알고 보니 부천에서는 매달 시험을 보고 있었는데 그 시험 날이 내가 전학 온 바로 며칠 후였던 것이다. 무슨 과목이었는지 몇 과목이었는지는 기억이 나지 않는데, 별다른 느낌 없이 시험을 보았다.

그 결과는 항상 선생님과 함께 점심 도시락을 먹던 아이의 입을 통해서 전체 반에 퍼졌다. 돌아다니는 말에 의하면 내가 4등을 했다고 하였다. 부천으로 올라오기 전날 선생님이 정신 똑바로 차리고 공부하라고 몇 번을 다짐하였던 터이고, 부천이라는 도시에 무언가 압도당해 있었던 나는 그 정도면 만족할 만하다고 안도했다.

\* \* \*

그런데 점심을 먹은 다음 시간이나 되었을까. 담임 선생님이 교탁에서 시험 결과에 대해 '굳이' 말씀하셨다. 여러 말씀하시던 중에 "이번에 전학 온 기표는 시골에서 전교 1등을 하던 아이인데, 여기 부천에 오니 반에서 겨우 4등을 하였다. 이렇게 도시와 시골 간의 실력 격차가 큰 것이다"라고 하였다.

그때 그 선생님의 말투와 표정은 지금도 뇌리에 뚜렷하다. 아무 말 못 했지만 어린 마음에도 뭔가 모르게 기분이 나빴다. 그리고 이내 분했다.

당시 선생님이 그 말씀하시기 전에는, 어차피 시골에서 온 촌놈이 서울(!)에 와서 이 정도면 정말 잘한 것이지 하고 있었다. 그리고 그 이후로도 나 스스로를 어느 선에 맞춰 놓고 그 선에서 만족하며 지냈을지도 모를 일이었다.

그런데 담임 선생님의 그 말이 완전히 국면을 바꾸어 버렸다. 가슴에서 불이 일었다.

그래서 알아보니 공부 좀 하는 아이들은 당시 표지에 코끼리가 그려진 《다달학습》이라는 문제집을 풀고 시험을 보고 있었다. 그날 당장 누나한테 《다달학습》을 사 달라고 졸랐다. 그리고 그다음 시험은 그 《다달학습》을 모두 풀고 보았다.

그다음 시험에 대해서 담임 선생님은 내가 몇 등을 했는지와 그에 대한 평을 '굳이' 교탁에서 말하지 않았다. 하지만 나는 2등을 하였다는 것을 알았다. 역시 선생님과 점심 도시락을 같이 먹는 그 아이가 다른 아이에게 1등은 누구고, 2등은 누구라고 말해 주었고 그것이 내 귀에까지 들려왔다.

그러나 나는 그 결과도 참을 수 없었다. 나는 지난번에 들은 그 말이 부당하다는 것을 보여 주어야 했다. 그러기에는 그 결과가 아쉬웠다.

당시 《다달학습》은 거의 모든 학생이 풀어보는 대세적인 문제집이었다. 그런데 문방구에 가면 저쪽 귀퉁이에 《이달의 학습》이라는 문제집이 있었다. 그 문제집은 《다달학습》에 대항해서 신규로 만들어진 문제집인 느낌이었는데 별로 인기도 없고 사 보는 아이도 거의 없었다. 나는 누나한테 《다달학습》 말고도 《이달의 학습》까지 꼭 사서 풀어야겠다고 하였다.

어린 내가 보기에도 《다달학습》은 문제가 좀 정제된 느낌인데 반하여 《이달의 학습》은 좀 거칠다고나 할까 그런 느낌이었고, 꼬아놓은 문제도 많아 오히려 잘못 풀면 개념만 잘못 이해하게 될 것 같은 위험도 느껴졌다. 하지만 나는 그것까지 다 풀어야겠다고 오기를 부렸고, 큰누나는 선선히 사 주었다.

그러나 그다음 시험에서 실상은 그《이달의 학습》덕을 본 것은 결국 없었다. 그리고 이번에도 담임 선생님은 '굳이' 그 결과에 대해 교탁에서 말씀하지는 않으셨다. 하지만 그 결과는 역시 선생님과 도시락을 같이 먹는 그 아이의 입을 통하여 학급 전체에 바로 알려졌다.

나는 그 결과에 비로소 만족하였다.

＊ ＊ ＊

내가 그 선생님 말씀을 듣고 받은 자극은 컸다. 하지만 그 말씀이 내가 이를 악물고 공부하게 만든 계기가 되었으니 결국 그 담임 선생님께 고마워해야 할 것 같다.

나는 당시 담임 선생님이 특별한 악의를 가지고 말씀하시지는 않았을 것이라고 믿고 있다. 실제로 그분이 어떤 심정으로 말씀하셨는지는 사실 별로 관심이 없고 지금 내게 그리 중요한 문제도 아니다. 그래서 유일하게 기억하고 있을 내가 그렇게 믿어 버리면 모든 사람에게 해피엔딩이라고 생각한다.

그때 문제 중에 '23.5도'가 무조건 답인 문제가 있었다. 자신은 좀 없으나 기억을 더듬거려 보면, 지구는 남북이 똑바르게 서 있는 것이 아니라 일정하게 기울어져 있고, 그것이 얼마나 기울어져 있느냐 하는 문제가 자주 나왔다. 그것은 무조건 답이 '23.5도'였다. 이해는 뭐 할 것도 말 것도 없이 답이 23.5도였고, 나도 그렇고 모두 그렇게 외웠다.

그런데 위와 같이 새로 사서 보게 되었던 《이달의 학습》을 푸는데 역시 똑같은 문제가 나왔다. 나는 당연히 보기 중에서 23.5도로 된 것을 골랐는데, 해답에서 틀렸다고 했다. 답은 처음 듣는 숫자인 '66.5도'였다.

이게 웬일인가 하여 자세히 보니, 지구가 기울어져 있는 각도를 측정하는 기준이 달랐다. 즉 지구의 '자전축'이 얼마나 기울어져 있는가를 물어보면 똑바른 것에 비해 23.5도가 기울어져 있는 것이고, 지구가 태양 주위를 도는 '공전면'을 기준으로 하면 66.5도가 기울어져 있다는 것이다. 23.5도와 66.5도를 합치면 90도가 되는 것이니, 결국 무엇을 기준으로 묻느냐에 따라 답은 이것이 되기도 하고, 저것이 되기도 하게 되어 있었다.

교과서의 설명과 그동안의 모든 문제는 '자전축'의 기울기만을 물어보았으므로 답은 볼 것도 없이 23.5도였는데, 《이달의 학습》에서는 최초로 '공전면'을 기준으로 문제를 냈고 당연히 그 답은 23.5도가 아닌 66.5도였다. 잘 안 팔리는 문제집으로서는 어떻게 해서든 차별화를 해야 했을 것이므로, 《이달의 학습》에서는 이런 식의 꼬아놓은 문제를 더러 볼 수 있었다. 좀 치사하다고 생각하였다.

하지만, 한편으로는 '공전면'이라는 개념도 알게 되었고, 무엇보다 '23.5 + 66.5 = 90'이라는 아주아주 평범한 계산식에서, 뭔가 깊은 오묘함이랄까 이런 것이 뿜어 나오는 느낌을 경험하였다.

물론 그 문제는 그다음 시험에 나오지도 않았고 그 외에도 그런 식으로 꼬아놓은 《이달의 학습》 문제들은 출제되지 않았지만 나는 그 결과에 만족할 성적을 내었던 것인데, 그와 같이 《이달의 학습》 을 오기로 풀었던 결과는 다른 곳에서 위력을 발휘하였다.

＊ ＊ ＊

이제 초등학교 과정도 모두 마치고 중학교 배정을 할 시간이 왔 다. 모두 전통의 부천중학교나 생긴 지 얼마 안 되는 부천남중학교 를 가고 싶어 했고, 새로 신설되는 부천동중학교는 아무도 가고 싶 지 않아 했다. 일단 집에서 너무 멀었다. 그래서 막상 배정을 확인 하는 날은 무척 긴장되었다.

담임 선생님은 그냥 앞에서 불러주셔도 될 것 같은데, 굳이 한 명 씩 나와서 직접 확인하라고 했다. 내 차례가 되어 갔고, 나는 왠지 그저 궁금한 마음을 넘어 확신에 가까운… 보나 마나 부천동중에 가게 될 것 같다는 느낌이 들었다. 확인을 하고 뒤돌아서는데 내 표 정부터 살피는 아이들의 눈빛이 쏠렸다. 내가 어디 갈지도 궁금하 지만 정작 저놈은 어딜 가나 하는 것도 퍽 궁금하던 순간들이었다.

나는 바로 두 팔을 번쩍 들고 "흐흐, 부천동중이다". 이렇게 선언 해 주었다. 미스코리아 후보 세 명만 남아 '진', '선', '미'만 가릴 상 황에서, 맨 처음 '미'로 불린 여인이 마냥 서운해하기만 하면 '모냥'

이 빠지니, 어쩔 수 없이 두 팔을 들고 환호하는 모습과 같은 느낌이었다. 역곡에 있다는 학교를 어찌 다니나 하는 막막함이 밀려왔다. 무엇보다 누나한테 미안했다.

그런데 그 중학교에 가기도 전에 방학 어느 날을 잡아 '반 편성 배치고사'라는 것을 본다고 하였다. 중학교에 가서 나눌 반을 배치하기 위해 본다고 하는데, 어린 생각에는 그런 것은 뭐 하러 본다고 하나, 반이라는 것이야 대충 정하면 되지 싶었다. 그것도 방학 때 노는 날을 하루 써가면서 말이다. 또한 좀 서글펐던 것은 부천동중학교는 아직 학교가 덜 지어졌으니 그 반 편성 배치고사라는 것도 부천남중학교에 가서 봐야 한다는 것이었다. 부천동중학교를 배치받은 아이들에게는 몇 월 며칠까지 부천남중학교에 가서 시험을 보라는 지시가 내려졌다.

붙고 떨어지는 시험이 아닌데도 그것도 시험이라고 긴장되었다. 처음 와보는 학교에서 다른 초등학교에서 오는 아이들과 섞여 시험을 보는 것도 긴장감을 더 느끼도록 하였다. 이 아이들과 함께 중학교를 다니게 되는 것인가 하는 생각으로 두리번거리기도 하였다.

그런데 그 시험을 보는 중에 바로 그 문제….

지구가 얼마나 기울어져 있는가를 묻는 문제가 나왔다. 23.5도가 맨 처음 보기로 배치되어 있었고, 66.5도도 그다음 어딘가에 배치되어 있었다. 나는 답을 덜컥 고르는 대신 뭘 기준으로 묻고 있는지 보았다. 그런데 얄궂게도 흔히 묻던 '자전축'이 아니라 '공전면'을 기준으로 묻고 있었다. 《이달의 학습》 후미진 곳에 있던 문제를 풀지 않았다면, 그때 그렇게 풀었던 것처럼 나는 볼 것도 없이 그저 외운 숫자인 23.5도를 여전히 답으로 선택했을 것이다. 아마 많은 아이들이 거기서 틀리겠거니 짐작했다.

나는 66.5도를 답으로 골랐다.

∗ ∗ ∗

몇 교시째였던가, 반 편성 배치고사 시험 감독을 들어온 어떤 여 선생님이 갑자기 뭔가를 가져오지 않은 아이들을 일으켜 세웠다. 나는 아무리 생각해도 그것을 가져오란 말을 듣지 못했다. 억울했다. 함께 일어선 아이들 표정을 보니 역시 모두 영문을 모르겠다는 표정들이었다. 그러나 아무도 나서지 않은 채 그저 야단을 맞고 있었다.

내가 결국 선생님께 '우리는 가져오란 말을 들은 적이 없다. 여기 일어선 아이들도 아마 못 들은 것 같다. 한번 확인해 보시라'. 대충 이런 비슷한 말을 하였다. 약간 당돌하게 느끼셨는지 그 선생님은 한참 나를 보시더니(썩 맘에 들어 하는 눈빛은 아니었다), 일어선 다른 아이들 몇 명에게도 같은 내용을 확인하고서야, 계면쩍은 듯이 야단을 멈추고 모두 앉으라고 하였다.

그런데, 그다음 시간에도 같은 선생님이 시험 감독을 연이어 들어왔다. 그 선생님은 교탁에 앉아 시험 감독은 크게 신경 쓰지 않은 채 답안지 채점에 열중하였다. 그러던 중 갑자기 그 선생님이 고개를 들고 "김기표가 누구야?"라고 물었다. 나는 문제를 풀다 손을 들었고, 선생님은 "아, 너냐?" 하는 표정을 지었다. 나는 시험을 잘 보고 있다고 느꼈다.

부천북초등학교 졸업식에는 큰누나와 셋째 누나가 왔다. 6학년 1개 학년 개근 상장에 6개 학년 전체 정근 상장 하나씩을 탔다. 1학년에서 2학년 넘어가는 봄방학 직후나 되었을까 하는 때에, 깡통에 불 놓아 돌리던 쥐불놀이를 하다가 목에 가벼운 화상을 입었는데 그 때문에 하루 결석을 하였고, 그 결과로 6개 학년 개근상을 놓친 것이 그렇게나 아까웠다.

강당에서 졸업식이 끝나고 나오는데, 큰누나가 "예당에 있었으면 대표로 상을 몇 개 받았을 것인데 그냥 안에 우두커니 앉아 있는 모습이 짠하더라" 하였다. 아무 생각 없다가 그 말을 듣고 보니 뭔가 서운한 마음이 들기도 하였으나, 이내 별로 대수로이 여기지 않았다. 뭐 크게 중요한 문제가 아니라고 생각했다. 대신 그날 졸업 기념으로 짜장면 먹으러 간다는 것이 더 중요하고 신나는 일이었다.

부천동중학교는 학교 짓는 것이 늦어져서 남들이 3월 2일에 입학식을 할 때 입학식을 하지 못하고 며칠 늦게 하였다. 부천동중학교에 배정되고 처음으로 좋다고 느꼈다. 다른 중학교 아이들이 입학하고 학교에 다니고 있을 때 집에서 며칠 더 노는 기분이 상당히 괜찮았다. 현재 친구 녀석들의 기억에도 그 입학식 날짜가 늦었던 것은 맞다고 하면서도 구체적인 날짜는 모두 제각각인 상황이다. 아마도 3월 10일 정도가 아닐까 싶은데, 나도 정확한 날짜는 자신이 없다.

아무튼 학교 운동장은 아직 흙도 제대로 골라져 있지 않아 조금

과장되게 얘기하면 파종하기 전의 밭 같았다. 그리고 한 켠에는 아직도 흙무더기가 쌓여 있었다. 저것도 또 어딘가 땅을 고를 용도로 사용될 것이었다. 건물은 건물대로 철근이 삐죽이 나와 있는 상황에서 앞으로 건물이 계속 올라가야 할 것임을 예고하고 있었다.

그 1층 현관에서 첫 번째 교실이 1학년 1반이었고, 담임 선생님이 오셔서 "김기표 아직 안 왔니?" 하고 물었다. 벌써 몇 번째 와서 물어본 듯한 말투였다. 선생님은 나를 확인하고는 전체 입학생 대표로 '선서'해야 하니 빨리 연습 좀 해 보자고 했다.

그 볼 필요 없다고 느꼈던 시험을 입학생 중 내가 제일 잘 봤던 것이다. 오기를 부려 《이달의 학습》을 풀어본 덕분이라고, 그래서

≪ 1984년 2월 부천북초등학교 졸업식에서 큰누나와 함께 찍은 사진이다. 그 시절 큰누나 사진이 별로 없는 것이 조금 안타깝다. 큰누나는 예뻤다.

지구의 기울기라는 것이 관점에 따라 달라질 수 있다는 것을 알았던 덕분이라고… 나는 지금도 생각하고 있다.

＊＊＊

동생 민정이도 가끔 그런 얘기를 한다. 부천여고에 합격하고 짐을 싸서 특급열차를 타고 올라가는데 울고 또 울어도 서울은 나타나지 않더라고… 그때 비로소 서울이 이렇게 먼 곳인가 했다고 하였다. 나도 똑같은 생각을 하였다.

그렇게 멀고도 낯선 부천에 와서 부모도 아닌 어린 누나의 그늘에 있는 것만으로도 주눅이 들어 있었다. 지금에 비한다면 당시의 부천도 큰 도시는 아니었겠지만, 집 몇 채 안 되는 곳에서 살다 올라온 시골 소년을 충분히 압도하였다.

나는 주변으로부터 사랑을 많이 받고 자란 운이 좋은 사람이라고 생각한다. 그리고 늘 그것에 감사한다. 그리고 그렇게 받은 것을 내 자식에게, 내 이웃에, 내가 사는 사회에 되돌려 주어야 한다고 생각한다. 그런데 비록 악의가 없으셨겠지만, 첫 시험 후에 담임 선생님이 하신 말씀, 이유를 뭐라 콕 집어 말할 수 없지만 기분이 나빴던 그 말씀을 그때 하지 않으셨다면 나는 어떠하였을까 하는 생각을 종종 한다.

성장에 가장 방해가 되는 것은 스스로 설정한 한계나 선일 것이다. 스스로를 어떠한 존재로 선험적으로 규정하여 버리면 인간은 결국 그 선을 넘지 못하고 살아가는 존재가 된다고 믿는다.

나는 부천에서 첫 시험을 치렀을 때, 그 성적이면 시골에서 온 놈 치고 매우 훌륭한 것이라고 안도하였다. 그런데 그 담임 선생님의 말씀은 나에게 큰 자극이 되었고,《다달학습》가지고는 안 되어《이달의 학습》까지도 사 달라고 누나를 졸랐다. 그 결과는 결국 중학교 반 배치고사에서 나타났고, 나는 그때부터 내 스스로의 자리매김을 이전과 다른 차원으로 접근했다. 그래서 질풍노도의 시기에도 큰 줄기에서 흔들림 없이 잘 헤쳐 나갔던 것 같다.

그로부터 세월이 꽤 흐른 지금에도 나는 여전히 나의 한계에 대해 규정하지 않으려 한다. 내가 규정하는 순간 나의 최대치가 그 한계에 머물까 두렵기 때문이다. 그래서 나는 지금도 머릿속으로는 누구보다 큰 꿈을 새기고, 그것을 이루기 위해 현실에 발 딛고 한 발 한 발 묵직이 나아가고자 한다.

부천에 처음 올라왔을 때 신이 선물처럼 주셨던 그 파릇파릇한 기억과 경험 덕분이다.

당시의 그 선생님의 말씀은, 나의 인생에 있어서는 여전히 기억될 만큼 쓴 것이었지만 결국 좋은 약이 되었다. 자전축, 공전면의 기억은 그래서 내 인생의 가장 중요한 기억으로 남아 있다.

몇 달 후면 어김없이 또 9월 15일이 찾아올 것이다. 계산해 보니 혼자 그날을 기념하고 새긴 지 올해가 꼭 40년이 된다. 이제부터는 혼자가 아니라 아내와 함께라도 소소히 기념하고 싶다.

# 기표는 김기표

어느덧 시간이 흘러 중학교 2학년이 되었다.

이제 부천동중학교도 두 번째 입학생이 들어왔고, 그래서 우리 학년과 1년 후배 이렇게 두 개 학년이 있는 학교가 되었다. 물론 우리가 1회이고 2학년이니 3학년이란 있을 수 없었다.

여전히 건물에는 철근이 삐쭉삐쭉 올라가고 있었다. 아마도 2학년이 끝나갈 때쯤이나 되어야, 건물도 다 지어질 것이고 시끄러운 것도 사라지고 먼지도 좀 사라질 것이었다.

한 학년이 늘어나니 선생님 숫자도 늘어났다.

1학년 때 영어 수업의 경우, 일주일에 3교시 중 2교시는 영어 선생님이 들어오고, 그중 1교시는 사회 선생님이 들어오는 이상한 수업을 하였다. 영어 선생님이 알아서 진도를 나가고, 사회 선생님은 그중에서 한두 과정을 잡아서 가르쳤다.

어린 내 눈에도 사회 선생님이 겸연쩍어 하시면서 적당히 '땜빵'하고 있는 것으로 보였다. 그분이 'dinner'를 '딘너'로 발음하였던 것은 중학교 동창들 사이에서 엔간히는 다 기억하는 추억이다.

≪ ≫ 최근에 방문한 부천동중학교

그렇게 2학년 들어 선생님 숫자가 늘어나니 이제 그러지 않게 되었다. 또한, 한문을 일주일에 1교시씩 직접 가르쳤던 교장 선생님은 이제 교과목을 가르치러 들어오시지는 않게 되었다.

2학년 담임 선생님은 무서우면서도 패기 넘쳤던 남자분이셨다. 자신의 별명을 자칭 '형사' 또는 '박사'로 미리 선점하여 다른 별명을 사전에 차단하였다. 그분은 나에게 반장을 맡지 말라고 하였다.

지금 생각해 보면 그 이유가 진짜 웃기긴 한데, 나는 공부에만 전념해야 한다는 것이었다.

그때 우리가 무슨 학원을 다녔던 것도 아니고, 학교 수업 끝나고는 내내 공이나 차고 놀거나 TV나 보고 시간 때우던 중학교 2학년 학생이, 반장을 하면 공부에 얼마나 지장이 있다는 것인지는 분명하지 않았다. 하지만 2학년에 올라가자마자 당시 담임 선생님이 매우 진지하게 하신 말씀이었다. 나도 별로 서운할 것이 없었다.

그것은 1학년 때 반장을 하였던 기억 때문이었다.

* * *

1학년 때 우리 교실은 불행히도(!) 교무실 바로 옆에 있었다. 중학교는 우스갯소리로 예나 지금이나 정글 같은 곳이고, 그 1학년 남자아이들이 평소 얼마나 시끄럽게 떠들고 놀 것인지에 대해서는 자세한 설명은 필요 없겠다.

아침에 담임 선생님이 바로 옆 교무실에 회의를 하러 가시면 교실은 곧바로 난장판으로 돌변했고, 여자 분이셨던 담임 선생님은 교무회의 중 민망함을 참지 못해서 중간에 뛰쳐나와서는 "이 새끼들, 진짜 조용히 안 할 거야, 교무실에서 다 들리는데 선생님이 창피해 죽겠어! 그냥!"이라고 하시곤 했고, 반장인 나에게는 "반장, 너는 뭣 하는 놈이 애들 하나 조용히 못 시켜!"라고 혼을 내기 일쑤였다.

그 어떤 누가 담임 선생님도 없는 중학교 1학년 학급의 60명 가까운 남자아이들을 조용히 시킬 수 있다는 말인가.

'떠든 사람' 이런 것을 칠판에 쓰는 것 정도가 반장인 내가 쓸 수 있는 유일한 대책이었다. 그런데 참 그것도 못 할 짓이었다. '떠든 사람' 명단에 가장 먼저 올라가는 녀석은 보통 그 반에서 가장 잘 떠들고 시끄러운 녀석이다. 그런데 그렇게 한번 '떠든 사람'으로 이름이 올라간 뒤부터는 더 대책이 없었다. 이미 '떠든 사람' 명단에 올라갔으니 자신은 더 이상 조용히 할 이유도 없었을 테다.

그래서 나는 이제 이름이 올라가더라도 조용히 하면 지워주겠다는 당근책도 제시하였으나, 이것은 '떠든 사람'으로 이름을 올리기 전의 긴장도 풀어버리는 문제가 발생하였다. 일단 떠들고 '떠든 사람'에 이름을 올리고, 다시 조용히 해서 지워주고, 이름이 지워지면 다시 떠들고 하는 웃지 못하는 일이 벌어졌고, 참으로 난감하였다.

어찌 되었든 중학교 1학년 그때의 아이들은 떠들다 못해 난장판을 만들고, 나는 칠판에 이름을 적어대고, 담임 선생님은 중간에 교무실에서 뛰쳐나오고, 나는 또 선생님께 혼나고, 선생님이 다시 교무실로 가신 이후에는 나는 안절부절못하여 또 아이들에게 소리도 지르고 하소연도 하고 하는 아수라장 같은 일상이 반복되었다.

그래도 당시 아이들은 참 순진한 면이 있었다. 땅콩이란 별명으로 불릴 정도로 체구도 조그만 반장이라는 놈이 떠들지 말라고 소리 지르면 그래도 대충 1분쯤은 들어주는 척은 하였다.

하지만 나도 결국 엉덩이 들썩이던 중학교 1학년이었다. 조용히

⌃ 졸업식 때 3학년 담임 선생님과 친구들이다. 중학교 때는 졸업 사진만 있는 것 같다. 나는 3학년 때부터 키가 크기 시작했으므로 1, 2학년 때는 참 작았을 것이다. 그때 체육 선생님이 지어준 별명이 '땅콩'이었다.

시킬 버거운 책무를 졌던 그 교무 조회 시간 외에는, 쉬는 시간이나 체육 시간이나 할 것 없이 그 '떠드는' 녀석들과 어울려 똑같이 소리 지르고 떠들고 놀았던 시절이었다.

＊ ＊ ＊

여하튼 그런 기억 때문에 굳이 내가 반장을 하지 않더라도 억울할 것은 없었다. 오히려 편하게 되었다고 생각하였다. 그런데 웃기게도 막상 반장 선거 때는 반장 후보로 나서지도 않았는데, 내 이름을 적어낸 녀석이 있어서 당시 담임 선생님이 재밌어 했던 기억이 있다.

여하튼 그렇게 각 반의 반장이 정해지고 난 후 조금이나 지났을까, 당시 학생 주임 선생님(참고로 1학년 때 '딘너' 선생님이시다)이 나를 비롯해서 10명의 아이를 빈 교실로 불러 모았다. 더러는 반장, 부반장도 있고, 나처럼 아닌 아이들도 있었는데, 어떤 기준으로 불러 모았는지는 잘 모르겠다.

그것은 이제 후배들도 생겼으니 전체 학생회장과 부회장을 뽑아야 한다는 것이었고, 그런데 교장 선생님 방침이 민주주의 체험을 위해 회장과 부회장을 묶어서 러닝메이트로 하여 학생들이 직선으로 뽑도록 하라고 지시하였다는 것이다.

반장 하지 말라고 하여 안 했는데 그렇게 불려가서 그 말을 들으니, 학생회장이라는 것은 학업과는 관련이 없는 것인가 하는 객쩍은 생각도 들었다. 그러나 어찌 되었든 반장은 안 되고 학생회장으로 선거에 나가는 것은 되는 괴상한 상황이 되어 버린 것은 맞았다.

지금의 관점으로 보면 당시 학생 주임 선생님으로서도 그런 일을 준비하고 추진하는 것이 매우 귀찮았을 것 같다. 어쨌든 그렇게 10명의 아이가 모였고, 회장 후보와 부회장 후보를 나누더니 거기서 짝을 지었다.

나도 부회장 후보 중의 한 명과 러닝메이트가 되었는데, 그 녀석은 나중에 부천고등학교 졸업 후 만든 조그만 모임을 통해 30여 년 이상 꾸준히 지내온 오랜 친구이기도 하다. 기호도 추첨했고, 우리 팀은 마지막 5번이 되었다.

처음 두 사진은 1학년 봄인지 가을인
지 소풍 갔을 때이고, 나머지 두 사진은
2022년 동창회 모임 때이다. 격세지감
이란 말 밖에는….

선생님은 선거 규칙과 일정을 알려 주었다. 지금부터 투표일까지 선거 운동을 할 수 있고, 선거 벽보를 두 군데에 붙여야 하며, 마지막 날 전체 학생이 있는 가운데 운동장에서 정견 발표를 하고 그 직후 운동장에서 직접 학생들이 투표할 것이라고 하였다.

우리는 곧바로 선거운동에 돌입하였다.

일단 벽보를 만드는 것이 가장 큰 문제였다. 당시 궤도 등을 만드는 데 쓰이던 '전지'라고 하는 가장 큰 사이즈의 흰 종이에 벽보를 만들어 학교 담벼락에 붙여야 했다. 그 내용을 어떻게 할 것이며, 디자인을 어떻게 할 것인지가 문제였다.

부회장 후보인 그 친구는 학생회장 뽑겠다고 모인 첫날부터 사실은 별로 이런 일에 관심이 없어 보였다. 지금 30여 년 이상 지내오다 보니 그 녀석이 이런 일을 좋아할 성격은 아니었던 것은 그때나 지금이나 분명하였다. 나는 결국 몇 번을 그 녀석과 의논하다가 나 혼자 만들 수밖에 없겠다고 단념하였다. 대략 난감하였다.

＊＊＊

동중학교는 동여중학교와 같은 진입로를 쓰는데, 올라가다가 맨 끄트머리에서 동중학교로 먼저 들어가고, 동여중학교는 조금 더 걸어 올라가는 구조로 되어 있다.

그래서 동여중학교가 동중학교 위에 계단식으로 있는 모양인데, 그 큼지막한 '한 칸 계단' 위로 아이들은 무던히도 공을 차올리고 주우러 가곤 하였다.

학생들이 그 계단식 벽 쪽에 붙어서 교실로 등교하는 구조였다. 그 벽에 벽보를 붙여야 동중학교 학생들이 가장 많이 볼 수 있었으므로 그곳에 한 개의 벽보를 붙이라고 하였다.

벌써부터 일찍 벽보를 만들어 붙인 팀들이 보였다. 하얀 전지에 검정색과 파란색, 붉은색 매직으로, 초등학교 몇 학년, 몇 학년에 우등상을 받았다느니 반장을 했다느니 하는, 내가 봐도 화려한 수상 내역과 반장, 회장을 지낸 내역들이 들어 있었다. 저 녀석이 공부를 저렇게 잘했구나 싶었다. 한두 개씩 연이어 올라가는 다른 팀들의 벽보들도 모두 그런 모양이었다.

나는 그 벽보들을 보면서 일단 지루하다고 생각하였다. 검은색, 붉은색, 파란색으로 글씨만 잔뜩 있어서 별로 큰 감흥이 없었다.

그리고 반장, 회장을 얼마나 했는지, 상을 얼마나 받았는지를 써 놓으면 대단하게는 생각하겠지만, 투표하는 아이들 대부분이 상을 받지 못하거나 반장을 하지 못한 아이들일 것을 감안하면, 지나치게 잘난 체하는 것으로 느껴질 것 같았다.

당시만 해도 벌써 40년 전이다. '요즘은 자기 PR 시대' 이런 말도 그 보다 훨씬 뒤에 나온 말이었고, 겸양이 더욱 미덕으로 여겨지던 때이다. 그래서 나는 그렇게 벽보를 만들지 않겠다고 마음먹었다.

그래서 나는 일단 기호를 단순히 '기호 5' 이렇게 쓰는 대신, 벽보 맨 위 왼쪽 부분에 먼저 손바닥을 크게 그렸다. 그리고 그 손바닥 안에 다시 '5'를 고딕체로 두껍게 쓰고는, 그 밑 손목 부분에 '기

☁ 얼마 전에 동중학교에 가서 찍은 사진이다. 왼쪽 사진은 동중과 동여중의 학교 이름이 나란히 있는 두 학교의 초입이고, 오른쪽 사진은 동중과 동여중이 갈라져서 들어가는 끄트머리인데, 왼쪽으로 가면 동중, 오른쪽 경사진 곳으로 더 올라가면 동여중이 있다.

호' 이렇게 고딕체로 그려 넣었다. 손바닥에는 색깔도 넣었고, 글씨는 다른 색깔을 입혔다.

그리고 밑의 내용으로 들어가서는, 맨 처음에 구호를 큼지막하게 새겼다.

'기호는 5번, 기표는 김기표에게!'

\* \* \*

'기호는 5번, 기표는 김기표에게!'

맨 처음 이렇게 고딕체로 큼지막하게 구호를 쓰고, 학생회장 되면 뭘 하겠다는 것도 간단히 한두 개 썼다. 그 글자들은 조금 더 작게 역시 고딕체로 썼다. 중학교 2학년 학생회장이 할 수 있는 일이 뭐가 있겠는가마는 그래도 나름 고민해서 공약 같은 것을 두세 개 썼다.

그 공약이라는 것도, 2학년 담임 선생님이 선거하는데 '공약'이라는 것은 반드시 써야 한다고 해서 그런가 보다 하고 아이디어를 내서 썼던 것이다. 당시 선생님이 농담 반으로 "차라리 동여중과 사이에 구름다리 같은 것을 만든다고 하면 애들이 엄청 좋아할 거다. 바로 당선이지!"라고 했다. 그러나 내가 무슨 교장 선생님도 아니고 차마 그것을 쓸 수는 없었다.

공부에만 전념하라던 그 담임 선생님은 막상 선거 운동에 들어가게 되자, 태도가 돌변하여 어떻게든 나를 당선시키려고 많은 아이디어도 내주고 연설문도 고쳐주고 하였다. 선생님들도 자신들의 일인 양 가세하셨고, 결국 선거는 선생님들조차 당신 반 아이를 당선시키기 위해 함께 뛴 학교 축제 같은 것이 되었다.

하여간 지금은 기억나지 않는 몇 가지 공약을 쓰고(면학 분위기 조성이나 화목한 학교 만들기 뭐 이런 종류의 것이었을 테다), 전체적으로는 포스터물감으로 디자인과 색깔도 여기저기 넣었다.

그것은 당시 나와 함께 살고 있던 넷째 누나에게 부탁했고, 나는 누나와 함께 일요일 하루 종일 전지 위에 엎드려 가며 앉아 가며 하면서 그 벽보를 완성했다. 글자를 대부분 고딕으로 했던 것도 누나가 옛날에 학교 미술 시간에 배웠던 고딕 글씨체 디자인하기를 떠올려 했기 때문이다

넷째 누나는 처음에는 어쩔 수 없이 도와주는 표정이었으나, 막상 물감을 잡으니 자기도 재미를 느꼈는지 나중에는 손수 디자인에 대한 아이디어까지 내 가며 신나게 일을 하여 주었다. 한두 개 문장

은 사선으로 넣어주는 센스도 발휘했다. 당시 누나가 고딕 글씨를 어찌나 정갈하게 파주었던지 당선된 것은 누나의 몫이 절반은 되었다.

여하간 이렇게 만들어진 벽보는 다른 네 개의 벽보와는 확연히 차이가 났고, 적어도 지루하진 않았다.

⩓ 1회 졸업생이 어느덧 37회 졸업식에서 후배들에게 축사하고 있다. 세월은 그렇게 흘렀다.

＊ ＊ ＊

전체 유세 날까지 각 팀은 각기 알아서 선거 운동을 하였다. 아이들이 등교하는 곳에 서서 인사를 하기도 하였고, 쉬는 시간에는 반에 들어가 인사를 하기도 하였다.

투표 날은 운동장에서 선거 유세를 하도록 되어 있었다. 유세 직후 현장에서 투표하는 일정이었는데 연설 내용이야 어찌어찌 쓰더라도, 연설은 막상 어떻게 해야 할지 난감하였다. 초등학교 때 웅변 대회를 나가보기도 했지만, 그렇게 해서는 안 될 것 같았다. 당시 웅변을 하면서도 웅변 특유의 약간 과장된 말투와 제스처가 그리 맘에 들지 않았고, 뭔가 오글거렸다.

그래서 TV를 보면서 연설하는 정치인들이 있는지 유심히 보았다. 9시 뉴스데스크에는 분명 연설하는 정치인이 나올 터이고, 나는 날마다 9시 뉴스데스크를 보면서 정치인들이 연설하는 짤막한 장면들을 유심히 지켜보았다.

9시 뉴스데스크라고 하니 당시 앵커였던 이득렬 아나운서가 항상 북한을 '북한 괴뢰'라고 일컬었던 것이 갑자기 떠오른다. 그는 북한을 늘상 그렇게 표현하였는데, 나에게는 여전히 뉴스데스크 하면 가장 먼저 떠오르는 상징 같은 것이다.

당시만 해도 이른바 '땡전 뉴스'가 나올 때라서 TV에서는 단연 전두환(법적으로 전직 대통령 예우를 하지 않는 사람이므로 이름만 쓴다)이 연설하는 뉴스가 가장 많이 나왔다.

당시 함께 살던 큰 자형은 집에만 들어오면 전두환 욕을 하였고, 그다음으로는 민한당 총재라는 유치송인가 하는 사람에 대한 욕을 해대었다. 하지만 나는 그 사람들이 뭘 그리 잘못했는지는 별로 관심이 없었고, 연설을 어떻게 하는지만 관심이 있었다.

유세 연습을 위한 덕분에 전두환이 연설하는 것은 꽤나 많이 지켜보게 되었다. 다만, 별로 잘한다는 생각은 들지 않았고, 오히려 저렇게는 안 하겠다고 마음먹었다.

막상 선거 유세 날이 되어 두 개 학년 1,000명에 가까운 사람 앞에 서서 말하려고 하니 꽤나 긴장이 되었다. 예전에 시골 학교 대표로 '보성군 내 웅변대회' 이런 것을 나갔을 때도 이렇게 지켜보는 사람이 많지는 않았었다.

교장 선생님만 서서 훈시하는 구령대에 올라 각 팀의 정후보, 부후보들이 모두 유세를 하였다(당연히 부후보들도 유세를 하였을 것인데, 뚜렷한 기억은 없다).

나는 긴장한 것에 비하여 다행히 연습한 것을 마음껏 풀어놓고 내려왔다. 당시 나는 준비한 대로 학생회장이 되면 뭘 하겠다, 좋은 학교 만들겠다, 이런 유의 얘기를 하고는 손바닥을 펼쳐 보이며, "기호는 5번, 기표는 김기표에게!"라고 끝을 맺었다. 그리고 꽤 큰 차이로 당선되었다.

＊　＊　＊

　지금 생각해 보면, 당시 교장 선생님의 학생회장 직선제 지시는 매우 파격적인 것이다.

　당시는 국가의 대통령이라는 자리도 체육관에서 간선으로 뽑던 시기였다. 국민들은 대통령을 자기 손으로 직접 뽑기를 염원하고 있었지만, 누구도 나서서 정부나 국가에 대해 이를 말하지 못하였다.

　그런 상황에서 그 교장 선생님의 학생회장 직선제 지시는 무엇을 의도한 것이었을까. 우리가 훗날 쟁취하였던 대통령 직선제의 염원을 당시 상황에서 그런 방식으로 표출하고, 학생들에게는 부지불식간에 그런 의식을 심어주려고 하셨던 것이라고 나는 생각하고 있다.

　그리고 그 선거는 선생님과 학생들이 함께 만들어 나갔던 일종의 축제와 같은 것이었다. 나는 내가 당선되었던 환희와 함께, 그 과정에서 받았던 선생님의 응원, 그 응원 속에 아이들과 함께 움직였던 여러 일, 그리고 내가 진지하게 고민했던 수많은 생각, 이러한 것들을 더욱더 강렬하게 기억하고 있다.

　나는 그 직선제의 후보가 되어 많은 것을 생각하게 되었다. 그것 자체가 큰 경험이었고, 살아 있는 교육이었다.

　학생회장 후보로 나선 이상 학교 전체의 시각에서 진짜 우리 학교가 어떻게 되면 좋을까를 진지하게 생각할 수밖에 없었고, 그것을 아이들에게 말해야 했다. 그리고 실제 투표를 하는 아이들의 마음은 어떤 것일까. 어떤 행동으로 아이들의 진정한 신뢰를 얻을 것인가를 고민할 수밖에 없었다. 결국 그 고민을 담아 원고를 썼고, 벽보를 만들었다.

그리고 그렇게 쓰여진 원고는 어떤 방식으로 연설이 되어야 하는가를 또 고민하고, 예전에 해봤던 웅변과는 어떻게 달라야 하는가도 생각해 보게 되었다. 평소 눈여겨보지 않던 여러 정치인의 연설 태도와 내용까지도 살피게 되었다.

나는 학교를 실제 다니고 있을 당시에도 그 교장 선생님을 매우 존경하였다. 그리고 지금도 가끔 그분을 생각한다. 그분은 학생들에게 매우 따뜻하셨고, 진짜 '어른' 같았다. 1학년 한문 시간 그분이 직접 가르치는 수업을 들을 때 나는 자주 '아, 진짜 저분은 우리가 잘 자라나기를 간절히 원하시는구나'라는 생각을 실제 하였고,

≫ 당시 박용필 교장 선생님

그래서 그분의 말씀을 귀담아 들었다.

　나는 참 운이 좋아 그런 좋은 교장 선생님을 만났고, 어릴 적부터 그와 같은 소중한 체험을 할 수 있었다. 그러한 체험 역시 지금의 나를 형성시킨 매우 중요한 부분이었다고 굳게 믿고 있다.

≪≫ 사진은 3학년 때이다.

# 부천시립도서관

부천동중학교 3학년 시절은 부천고등학교 입시 준비를 위해 밤 9시까지 학교에 남아 자율학습을 하여야 했다.

중학교 2학년 때까지는 중간고사나 기말고사를 준비하는 것 외에는 친구들과 어울려 공이나 차고 TV나 보고 놀았는데, 3학년이 되어 갑자기 자율학습까지 하게 되니 딴에는 여간 고통스러운 것이 아니었다. 그래도 1986년 서울 아시안 게임은 어떻게든 모두 챙겨 보았던 것 같다.

그렇게 고등학교 입시가 끝나니 너무나 홀가분해서 친구들과 함께 여기저기를 싸돌아다녔다.

지금 기준으로는 너무나 한심한 수준의 게임이지만 게임기가 있던 ○○이 집은 특히 자주 놀러 가던 곳이다. 그곳에 가서 친구들끼리 모여서 TV도 보고, 게임도 하고, 심지어 화투도 쳤던 것 같다.

그리고 △△이 집에서는 청소년관람불가로 되어 있는 비디오를 △△이가 빌려오고, 함께 간 친구 대여섯 명이 같이 보다가 10분이나 지났을까 △△이 아버지가 방문을 밀고 들어오시는 바람에 완전히 헛물을 켜고 야단만 바가지로 맞고 쫓겨나기도 하였다. 그 10분 동안이나마 비디오에 빠져들던 아이들의 표정이란, 정말 지금 생각해도 웃음이 절로 나온다.

그렇게 친구들과 맘껏 즐기던 방학 한가운데 어느 날이었다. 아직 중학교도 졸업 전이고, 당연히 고등학교도 입학 전이었는데, 우리가 갈 부천고등학교라는 곳에서는 예비 신입생들을 학교로 불러 모았다.

입학시험 볼 때 가보고 두 번째 가보는 학교는 입학시험 볼 때도 그랬지만, 교실마다 커다란 TV가 한쪽에 걸려 있는 것이 신기했다. '무슨 이유로 저런 큰 TV가 교실마다 하나씩 달렸는가, 돈이 참 많이 들었겠네' 하는 생각을 하였다.

그렇게 학교로 불려 간 날은 TV를 켜주었고, TV에서는 선생님이 나타났다. 선생님들이 TV로 신입생들이 앉아있는 교실에 방송을 하였던 것이다. 아! TV는 방송으로 수업을 하기 위한 것이구나 하였고, 방송국이 아닌 데서 멀쩡하게 생긴 TV 화면에 뭔가 나오게 할 수 있다는 것 또한 신기하였다.

그때 선생님이 하신 말씀이 구체적으로는 기억나지 않지만, 분명한 것은 입학하기 전 방학 동안에 《성문기본영어》와 《정석 수학》을 미리 여러 번 보고 들어오라고 신신당부하였다는 것이다.

* * *

그래서 《성문기본영어》라는 책을 샀다. 일단 제목이 한자로 되어 있었다. 역시 고등학교에서 배우는 책은 제목부터 한자로 되어 있구나 하였다.

책을 열어보니 'to 부정사의 형용사적 용법'이라는 것이 가장 첫 번째 챕터였고, '부정사'나 '형용사적' 이런 단어는 또다시 모두 한자로 쓰여 있었다. 역시 한자로 쓰인 것에 뭔지 모를 권위 같은 것이 느껴졌다. 역시 고등학교는 뭐가 달라도 다르구나 싶었다.

첫 번째 페이지에는 문법에 대한 설명이 있고, 다음 페이지에는 문제 형식으로 빈칸을 채워 넣도록 되어 있었다. 중학교 영어와는 비교가 안 되게 단어가 어려워서, 단어를 하나하나 찾는데 한나절이 걸릴 지경이었다. 중학교 때도 문법책이라는 것을 본 적이 없었던 나로서는, 기초 영문법도 아니고 갑자기 《성문기본영어》라는 문법책을 보았으니, 문법이나 단어나 모두 내가 감당할 수 있는 수준이 아니었다. 정말 딱 세 페이지 보고 덮었다. 그리고 다시 애들과 뛰어놀았다.

그때 외웠던 단어 중 이상하게 지금까지도 유일하게 기억나는 것이 'innocent'였다. 내가 본 세 개 페이지 중 두 번째 페이지에 나오는 단어였다. 나는 결국 'innocent' 단어 하나만큼은 확실히 외우고 부천고등학교에 입학하였다. 《정석 수학》을 얼마나 풀었는지는 기억나지 않지만, 기억에 없는 것으로 보아 그것도 《성문기본영어》를 본 것보다는 확실히 덜 봤을 것 같다.

그렇게 방학 내내 유감없이 몰려다니며 놀았던 덕분에, 막상 고등학교에 들어가서는 공부를 따라가는 데 무척 고생하였고, 그때 사춘기까지 찾아왔다.

나중에 보니 1학년 우리 반 어떤 녀석만 해도 이미 《성문기본영어》 책을 몇 번을 보았는지 책이 새까맸었는데, 입학 후 몇 달이 채 되지 않아 그 두껍디두꺼운 《성문종합영어》로 자신의 교재를 바꾸기까지 하였다. 한 마디로 넘사벽이었다.

나는 그렇지 못했던 덕분에, 3월에 입학한 후 처음 본 국·영·수 모의고사 중 영어 시험은 거의 반은 모르는 단어라서 그냥 찍었고, 채 50점도 못 넘었던 것 같다.

게다가 1학년 때는 내 자신도 알 수 없는 불만 같은 것들이 마음속에 가득했고, 같은 반 녀석과 싸움까지 벌였다. 내가 무슨 싸움을 일삼는다거나 잘한다거나 하는 학생이 아니었음에도, 그때는 안 하던 싸움까지 하였던 것이었다. 그런데 그 한번을 하였던 장소가 좋지 않았다.

하필 1층 교장실 창문 바로 앞에 있는, 본관과 별관 사이 공간에서 치고 박고 싸우는 바람에 담임 선생님은 시쳇말로 완전히 열받아 계셨다.

다음 날 조회 시간에 둘을 불러내어 야단치는 가운데에서 "하필 싸워도 교장실 앞에서 싸우냐"라고 했던 모양으로 보아, 아마도 교장 선생님께 불려가서 된통 싫은 소리라도 들었겠구나 싶었다.

* * *

　결국 싸움을 하였던 나와 내 상대 녀석은, 그다음 날 조회 시간에 담임 선생님한테 종아리를 20대씩은 맞았던 것 같다. 다만, 그때는 맞으면서도 '참, 면 빠지게 웬 종아리냐. 때리려면 엉덩이나 허벅지를 때리지' 이런 생각을 하였다. 엉덩이가 아니라 종아리를 맞는 것마저도 괜히 자존심 상해하였던 때였다.

　나는 그래도 그날 처음 매를 맞은 것이었고, 그 녀석은 그 전날인가 또 뭔가를 잘못하여 이미 종아리를 맞아 아직 부기가 빠지지 않았던 터였는데, 그 녀석은 그 상태에서 어제 맞은 데를 또 맞으니 얼마나 더 아팠겠는가. 몇 대 채 맞지도 못하고는 쓰러지며 종아리를 두 손으로 감싸 쥐는 것을 반복하자, 담임 선생님은 엄살 피운다고 화를 내며 매의 대수가 더 올라갔다. 나는 다행히 처음 맞는 것이라 잘 참고 맞았는데, 덕분에 그 녀석보다는 몇 대 덜 맞았던 것 같다.

　그렇게 공부, 특히 영어는 갑자기 몇 단계나 펄쩍 어려워져서 따라가기가 힘들었고, 학기 초부터 교장실 앞에서 대판 싸운 것 때문에 담임 선생님에게도 찍혀서 참 괴로운 1학기를 보냈다. 아이들 대부분 엎드려 자는 아침 자율학습 시간에 자다가 걸리는 것도 하필 나였다.

　아무튼 화려한 입학 성적에 비해 공부도 제대로 안 하고 말썽이나 부리니, 담임 선생님은 한심한 놈 취급을 하였다. 그리고 집에 가서는 누나들한테도 있는 짜증, 없는 짜증을 부렸다. 크게 엇나간 짓은 하지 않았지만 뭔가 툴툴대고 공부도 대충대충 하던 시기였다.

나의 누나 중, 큰누나는 나를 처음 부천으로 올라오도록 한 누나였고, 나와 6살 차이 나는 넷째 누나는 나를 가장 오랜 기간 동안 키워주었던 누나인데, 당시에도 실질적인 엄마 노릇을 하고 있었다.

그 넷째 누나가 그렇게 몇 달을 참고 지켜보더니 어느 날 작정을 하고 나를 앉혀놓고 얘기를 했다. 어머니 얘기도 했고, 누나들과 이렇게 사는 처지에 대해서도 얘기를 했다. 누나는 내가 어머니 얘기를 하면 약발이 먹히고 정신 좀 차릴 것으로 생각을 했을 것인데, 억울(!)하게도 적중(!)했다.

나도 내가 그렇게 살아가고 있는 것에 대해 뭔가 '이건 아니지' 하고 있을 때 넷째 누나가 차분히 앉아서 여러 얘기를 하고, 마지막에 간곡하게 "기표야, 진짜 이러지 말자"라고 했을 때 나는 완전히 고개를 떨구었다. 시골에 계시는 어머니에게 미안했고, 여기 같이 사는 누나들 볼 낯이 없었다. 그렇게 1학기가 다 지나간 시점에서, 나는 정말 정신 차려야겠다고 생각했다.

2학기부터는 마음을 고쳐먹고 정말 열심히 공부하였다. 덕분에 2학년 올라간 후 치러진 1학기 중간고사 결과를 운동장에서 전교생 조회시간에 시상하였는데, 그때 나는 구령대에 불려 나가 2학년 문과 대표로 상을 받았다. 그리고 결국에는 그렇게 졸업하였다.

＊ ＊ ＊

막연히 법대에 가야겠다고 생각한 건 중학교 2학년 때였을 것이다. 인생의 큰 흐름을 결정짓는 생각이었지만, 참 우연하고 간단히 결심하였던 것 같다.

사실 따지고 보면 인생의 중요한 터닝 포인트에서 오랜 기간 동안 숙고에 숙고를 하고 결정하는 경우가 얼마나 되겠는가. 어떤 계기가 되어 순간 결정을 하였는데, 나중에 보니 그것이 인생의 중요한 포인트가 되었던 편이 더 많으면 많을 것이다.

햇볕이 정말 강렬하게 내리쬐던 여름 어느 날이었다. 내가 잠시 시골에 내려갔을 때였다. 그때 아버지가 갯논(득량만을 막아 만든 간척지 논)에 일하러 나를 데리고 갔다. 새파란 나락 잎에는 이제 무른 알곡이 조금씩 배어가던 그때였다.

그렇게 일을 하던 도중에 갑자기 아버지가 "나는 니가 법대를 갔으면 쓰겠다. 법대를 가면 검사도 되고 판사도 되고, 변호사도 된다는데, 그런 것을 하면 안 좋겠냐? 법대는 여러 대학에 많이 있다등마(있다던데). 서울법대도 있는데 거기는 너무 높은 데라서 안 되더라도, 다른 대학교라도 법대를 가면 안 좋겠냐" 하셨다.

그때까지만 해도 나는 부천고등학교라는 존재도, 고등학교를 시험 봐서 들어가는 것도 전혀 모르고 있을 때였다. 그러므로 대학교가 어떻고 하는 관념 자체가 없었던 때이다. 그런데 그때 아버지가 그 말씀을 하셨던 것이다.

아버지에 대해서는 말하지 않는 여러 불만이 평소에 쌓여 있었으나, 그럼에도 불구하고 아버지의 말씀에는 늘 무게가 있었다. 나는 막연히 그것이 좋겠다고 생각하였다. 그래서 그냥 간단히 "예"라고만 하였다.

아버지 세대 분들 대부분이 그랬듯이 나의 아버지 역시 가난한 집에서 태어나 배움이 짧았다. 어렸을 때 그래도 할머니가 서당을 보내줘서 천자문부터 시작하여 한학 공부는 꽤 하였다고 하였다. 그래서 아버지로부터는 어렸을 때부터 한자깨나 배웠다.

아버지는 그 후 득량에 있는 초등학교까지도 걸어서 다니셨고, 그때는 공부도 잘하고 달리기도 잘했다고 은근한 자랑을 하시곤 하였다. 그러나 6학년 졸업하기 직전부터 돈을 벌기 위해 예당 지서(지금의 지구대 정도 되겠다)에 소사(관청에 잔심부름을 위해 고용된 사람)로 취직을 하였으니, 엄밀히 말하면 초등학교도 다 마치지 못한 분이었다.

다만, 늘 신문을 읽고 뉴스를 보면서 자신의 못 배운 것을 메우려고 노력하였기 때문에 세상 돌아가는 물정에는 밝았던 분이었다. 그러나 아버지는 타고난 능력에 비해 배우지 못하여 겪는, 사회생활에서의 한계 때문에 늘 울분에 차 있었다. 철이 들어서는 그런 아버지에게 연민을 느꼈지만, 어렸을 적에는 그것이 그렇게 싫었다.

그런 아버지가 그와 같은 조언을 하였던 것이었는데, 그때 그 아버지의 말씀이 내가 지금까지 살면서 공부나 진로와 관련하여 유일하게 받은 조언이었다. 특히 학창 시절에는 특정 시점에서 조언을 해 줄 사람이 있었으면 하는 목마름이 늘 있었는데, 어느 순간부터는 시골에 계시는 부모님이나 나를 키우는 누나들에게서 이것을 기대하기는 어렵다는 것을 느끼고 답답함을 혼자 삭이곤 하였다.

* * *

여하튼 나는 그때부터 막연히 법대를 가야겠다고 생각하였다. 부천고등학교에 입학하여서는 환경미화의 일환으로 아이들의 희망하는 대학과 장래 꿈을 교실 벽 뒤에 써서 붙였는데, 그때 나는 '서울법대' 이렇게 써 냈다.

그렇게 1학년 때 누나의 말을 듣고 정신 차리자고 한 이후에는 공부를 정말 열심히 하였고, 2학년에 올라가면서부터는 순조롭게 자리도 잡았다. 그렇게 고등학교 생활은 1학년 때부터 시작된 아침 보충수업에 또 저녁 보충수업, 그리고 그 후 야간자율학습으로 3년 내내 빡빡하게 돌아갔다.

그러한 생활의 유일한 탈출구가 나에게는 축구였다. 체육 시간에는 수업 시작해서 공 나눠주자마자 끝날 때까지 노상 뛰어다녔고, 점심시간도 최대한 빨리 도시락을 먹어 치우고 운동장으로 달려갔다. 그리고 청소 시간에도 청소를 최대한 빨리 끝내고 운동장에 나가 공을 차고 놀았다.

그래서 고등학교 친구들 중에는 내 공부하는 모습보다는 오히려 축구하고 땀이 흥건해져 있던 러닝셔츠를 더 많이 기억하는 친구들도 꽤 있다. 고3 때에는 체육 시간 자체가 줄어드는 것을 가장 안타까워하였을 정도이니, 공 차는 것이 내게 주었던 위안이 어느 정도였는지는 짐작할 수 있겠다.

그렇게 집과 학교를 왔다갔다하고, 공부와 축구를 하는 사이에 나도 고3이 되었다. 고3이 되기 직전에 우리 1년 선배들이 대입 학력고사를 보던 날은 집에서 노는데 느낌이 참 묘했다. 마치 매 맞을 때 자기 차례가 된 것 같다고나 할까, 그런 느낌이었다. 바싹 긴장이 되었다. 나는 그렇게 고3이 되었다.

고3 때는 쉬는 일요일에 공부를 하는 것이 가장 문제였다. 집에 있다 보면 '한 시간만 더, 한 시간만 더' 하면서 잠을 더 자고 있거나 TV를 더 보고 있거나 혹은 공부하러 나가기 괴로워하며 뒹굴뒹굴 하고 있었다.

그러다가 공부는 결국 잠깐도 하지 못하고 맞이하는 일요일 오후 5~6시, 그 시각에 느끼는 불안하고 찝찝한 기분은 누구나가 한 번쯤은 느껴보았을 것이다.

학기 초에 고3 담임 선생님이 학부모 면담을 했는데, 당시 회사에 다니던 넷째 누나가 학부모 자격으로 갔다. 지금 생각해 보면 누나는 참 쑥스러웠을 것이다. 그때 누나의 나이가 우리 세는 나이로 24세였으니….

누나는 아마, 누나가 보기에도 고3이라는 놈이 일요일에 공부는 안 하고 놀고 있는 것이 맘에 걸렸는지 고3 담임 선생님께 그 말을 했던 것 같다. 그다음 날 고3 담임 선생님이 나를 불렀고, "고3이 무

⌃ 사진에 찍힌 날짜를 보니 1989년 6월인 것으로 보아, 고3 봄 소풍 때인 것 같다. 폼 잡고 노래 부르는 것이 웃기다. 그리고 친하게 지냈던 친구들이다..

슨 일요일에 낮잠이나 자고 노냐? 학교에 나오든지 아니면 도서관에 가든지 하라"고 불호령을 내렸다.

＊ ＊ ＊

어차피 나도 이러면 안 되겠다 하고 있었던 참이었다. 그러던 중 우연히 다른 아이들이 일요일마다 간다는 부천시립도서관이란 곳이 있다는 것을 알게 되었고, 나는 그곳에 가보기로 하였다.

지금이나 예나, 살던 방이 전세 만기가 되면 전세금을 올려주어야 하였다. 그래서 누나들과 나는 때만 되면 부천이고 역곡이고 간에 부천 여기저기를 옮겨 다니며 살았다. 부천 남부역 쪽에 있는 소사극장 위로 가다보면 '소림사'라는 절이 있고, 그 절 주변에 단독 주택들이 있었는데, 고3 당시에는 그 단독 주택의 한 컨을 얻어 살았다.

한편, 그 살던 집 위로 더 올라가서, 성주산 바로 밑에 몇 동 자리 잡고 있는 아파트 이름은 '광희아파트'이다. 누나들이 그동안 모은 전세금에다가 대출을 가득 받아, 드디어 우리는 이제 이사 가지 않아도 되는 집에 살게 되었다. 고3 다음 해의 일이었는데, 그 집이 바로 광희아파트이다.

그래서 일요일이면 그 광희아파트 쪽에서 내려오는 마을버스를 타고 부천 남부역에서 내려서 언덕진 부천시립도서관을 오갔다. 부천시립도서관은 일요일에 인기가 많아서 아침 일찍부터 가서 줄을 서야 들어갈 수 있었다. 한 줄로 길게 늘어선 줄에서 내 순서를 보면, 내가 오늘 여기를 들어갈 수 있겠다 없겠다 하는 것은 대충 어림이 되었다.

당시 부천시립도서관은 일반인 열람실과 학생 열람실로 구분되어 있었는데, 일반인 열람실에는 공무원 시험이나 고시 준비, 취직 시험 준비를 하는 어른들과 재수생까지 들어갈 수 있었고, 학생 열람실은 고등학생까지 들어가는 곳이었다.

그런데 학생 열람실은 떠드는 소리로 너무나 소란스러워서 고3들도 웬만하면 일반인 열람실에 들어가기를 원했고, 입구의 도서관 사서에게 일반실 표를 달라 말라 하면서 실랑이도 많이 하였다.

고3이 원칙적으로 입장이 안 되는 일반실을 들어가기 위해 별의별 방법들이 다 동원되었는데 나도 어찌어찌 마련한 방편으로 일반실로 자주 갈 수 있었다. 그리고 나중에는 도서관 사서와도 친해져서 사서가 모른 척하고 일반실 표를 끊어주기도 하였다.

》 사진은 고3 때인 1989월 8월 11일에 찍힌 것으로 나타나는데, 부천고등학교에서 고3 학생들만 따로 모아 공부를 시키던 도서관 '면학재'에 앉아 있는 사진과, 그 출입문 앞에서 어설프게 폼 잡고 찍은 사진이다.

그렇게 자주 드나들던 일반실은 두 개 층에 있었는데, 3층은 칸막이가 없는 오픈된 형태의 것이었고, 4층은 칸막이가 있던 곳이었다. 사람마다 오픈된 것과 칸막이 있는 것에 대한 호불호가 있었겠지만, 대개는 그래도 4층의 칸막이 열람실이 먼저 마감이 되곤 하였다.

한편, 사서 얘기를 하다 보니 에피소드가 하나 떠오르는데, 나중에 대학 입시 원서를 쓰고 거의 학교는 가지 않고 자율적으로 공부를 하던 시기에, 나는 역시 시립도서관에 가서 공부하였다.

그때 그 사서가 나한테 대입 원서를 어디 썼느냐고 물어봤다. 나는 그때까지 그 사서에게 일반실 표를 달라고 떼를 쓰기도 하고 장난도 많이 치고 하여 친해졌던 터였다. 그래서 나는 사실대로 "서울 법대 썼죠!"라고 하였다. 그랬더니 그 사서(나중에 확인해 보니 이분은 사서는 아니고 그곳에 근무하던 기술직 직원이라고 한다)가 피식 웃으면서 바로 대답했다.

"웃기고 있네."

\* \* \*

그렇게 학기 중에는 일요일에 부천시립도서관을 매주 다녔다. 물론 늦게 일어나 못 들어가는 날에는 학교에라도 나가 공부를 해야 했는데, 이상하게 학교에만 가면 그렇게 공부하기가 싫었다.

이해 못 할 일도 아니다. 일주일 내내 가는 학교에 일요일에도 나가니 그 분위기가 지겨웠을 것이다. 그러므로 늦게 일어나 도서관에 못 들어가는 날에는 그날은 공부가 영 꽝이 나는 날이었다.

그 후 여름방학이 되었다. 고3이라는 학생이 부천고라는 데서 맞이하는 방학이라 봐야, 선생님들이 보충수업이라는 이름으로 계속 수업을 하게 되므로 별반 큰 의미는 없었겠으나, 그래도 아예 보충수업도 없는 날이 더러 있었고, 그래서 학교에 안 나가도 되는 날이 며칠은 되었다.

그 기간에는 어설프게나마 방학한 티가 났다. 그렇게 보충수업이 없어 학교를 가지 않아도 되는 날은 부천시립도서관으로 공부하러 갔다.

학교를 가지 않아도 되던 어느 날이었다. 그날은 다소 늦었던지 오픈된 책상인 3층 열람실에 들어가 가방을 막 내려놓고 책을 주섬주섬 꺼내는데, 내 뒤에 들어온 사람이 내 바로 옆 책상 위에 가방을 턱 놓았다. 그 소리에 무심히 고개를 돌려 보았는데, 나는 그 순간 그 여학생에 반해 버렸다.

초등학교 때 풋풋하고 애틋한 느낌을 더러 가져 보기도 했으나, 그 이후로는 이성을 사귀어 보거나 만날 기회가 없었던 고3 어린 사내놈은 그 후 정말 정신을 못 차려 버렸다. 도서관에 오면 그 여학생이 어디 있는지 찾아보기 바빴고, 그 소재가 파악되면 주위를 계속 맴돌았다.

보충수업을 하는 날은 학교에 남아서 자율학습을 하였는데, 그 시간에는 이미 공부할 생각은 하지 않고 친구들을 불러내어 어떻게 해야 할지를 상담하기 바빴다. 말을 건넬 것인지 말 것인지, 말을 건네면 어떻게 '멋있게' 해야 할 것인지를 묻고 물어 고민했다.

그런데 그 상담해 준답시고 답을 준 그놈들도 여자 친구 하나 못 사귀어 본 놈들이었는데도 서로 그러고 있었으니, 참 우습기 짝이 없는 풍경이었다.

다시 보충수업을 하지 않는 날이 오자, 나도 다시 도서관에 갔고, 나에게 상담하여 주었던 실상 매우 비전문가였던 그 여러 상담자들도, 도대체 어떻게 생긴 여학생이길래 기표가 그렇게 정신을 못 차리느냐고 구경을 오기도 하였다.

그렇게 그 여학생을 보고 또다시 돌아가서 상담도 하는 그런 웃기지도 않는 일을 하고 있었고, 학교에는 '기표가 여학생에 빠져 정신 못 차린다'는 소문까지 돌았다.

결국 나는 용기 내어 그 여학생에게 사귀고 싶다고 고백하였다.

그러나 나는 그 여학생이 이미 일반인 열람실에서 공부할 때부터 알아봤어야 했다. 동급생으로 알았던 그 여학생은 재수생으로 나보다 나이가 더 많은 누나였고(게다가 내가 또래보다 학교를 1년 일찍 들어갔으니, 나보다 2살이나 더 많은 누나였다), 이건 더 꼬이게 되었다.

"그럼, 누나로라도 만나요."

얼결에 뱉은 이 말은 내가 지금도 떠올릴 때마다 이불 킥을 하는 내 흑역사의 절정이 되었다.

결국 지나다니면서 서로 인사는 하는 사이가 되었으나, 말을 걸기 전보다 더 어색하고 어정쩡한, 한 마디로 바보 같은 관계가 되어 버리고 말았다.

☆ 사진 속 부천시립도서관은 부천시립심곡도서관으로 이름이 바뀌어 있는 것 빼고는 외관은 그대로였다. 지금 기준으로도 매우 빼어난 건축물이라는 것을 알 수 있다. 내부는 조금 바뀌어 있었으나, 추억은 그대로 묻어 있었다.

＊ ＊ ＊

고3 때는 종로학원의 학평, 대성학원, 그리고 중앙학력평가원인가 하는 세 개의 모의고사를 매달 돌아가면서 보아 점수를 내고 있었고, 그 이후 대학 입학 원서 쓰기 직전에는 마지막으로 배치고사라는 이름으로 그 세 개 회사에서 출제하는 모든 시험을 하루 이틀 간격으로 치렀다.

그 세 개의 배치고사 점수를 종합하여 최종적으로 지원할 대학교와 학과를 정하였는데, 나는 그 와중에도 배치고사 시험 운이 좋았던 것인지, 실력이 진짜 되어서인지는 몰라도, 내가 원하던 서울대학교 법과대학에 지원할 점수가 다행히 나왔다.

당시는 1지망을 쓰고, 2지망까지 썼던 것으로 기억하는데, 그 뽑는 방식을 보면, 그 학과 1지망 지원 학생들끼리만 70퍼센트를 뽑고, 1지망에서 떨어진 그 학과 본래 지원한 학생과, 다른 학과에서 1지망에 떨어지고 그 학과를 2지망으로 지원한 학생을 다시 경쟁시켜 나머지 30퍼센트의 인원을 뽑는 구조였다.

그런데 당시 법대의 경우는 이른바 커트라인이 가장 높았으므로, 법대를 1지망으로 지원하였던 경우 1지망에서 법대에 불합격하더라도 2지망에 지원한 다른 학과에서 2지망으로 합격할 확률이 높았다.

그래서 보통은 2지망까지 신중하게 고르기 마련이었는데, 나는 그냥 담임 선생님에게 선생님이 정해 주는 아무 데나 쓰겠다고 하였다.

그 과정을 보면 이렇다.

내 차례가 되어 담임 선생님이 복도로 나를 부른다. 이른바 '진학 지도'인데, 간단히 말하면 대학교 원서 쓸 데를 정하는 것이다.

앉자마자 담임 선생님은 다짜고짜 "너 법대 점수 안 돼! 딴 데 가" 이렇게 말씀을 하신다. 그럼 내가 "선생님, 여기 내 점수가 이렇고, 기준 점수가 이래서 점수가 되는데 왜 안 된다는 겁니까?"라고 따진다.

그럼 담임 선생님은 "이건 인마 그냥 기준일 뿐이고, 내가 안 된 다면 안 되는 거야. 내가 장사 한두 번 하냐. 아무튼 안 돼!" 이러신 다. 그럼 내가 "나도 절대 안 돼요. 난 무조건 법대 갈 거예요"라고 한다.

그러면 담임 선생님이 나를 한참을 노려보고, 나도 지지 않고 담 임 선생님을 한참을 쩨려본다. 그러다가 조금 후에 담임 선생님이 포기한 듯이 말씀하신다.

"아 나 참, 안 된다니까 짜식이 고집 엄청 피우네. 좋아, 알았어. 그럼 내가 양보할 테니까. 2지망은 내 맘대로 쓴다? 됐지?"라고 하 신다. 나는 "뭐 맘대로 하세요" 하고 털고 일어서고, 진로 상담은 별 로 시간 끌지 않고 끝난다.

정말 장사 한두 번 한 솜씨가 아닌 솜씨로, 2지망은 당신이 마음 껏 쓸 패를 확보하였다. 지금 생각해 보면 참 혀를 내두를 수밖에 없는, 타짜의 밑장빼기 저리 가라 하는 수준이다.

어차피 나도 법대 외에는 가지 않겠다고 다짐하고 있었으므로

2지망은 의미가 없다고 생각하고 있었다. 그래서 어디 쓸지를 생각해 보지도 않았던 터였다.

＊ ＊ ＊

당시 담임 선생님들은 학과가 어디냐에는 상관없이 서울대 몇 명, ○○대 몇 명, 이렇게 당신들의 진학 실적이 평가되었던 것으로 짐작되는데, 그렇기 때문에 일단 1지망부터 겁을 주어 웬만하면 낮춰 쓰라고 하고 2지망까지도 최대한 낮춰 쓰라고 하는 상황이었다. 그런데 내가 2지망에는 별 신경을 쓰지 않았으니, 담임 선생님으로서는 내가 매우 손쉬운 상대였을 것이다.

그렇게 나는 담임 선생님이 정해 준 학과를 2지망으로 썼는데, 세월이 좀 지난 후 서울대를 지원하였던 친구 중 일부가 시간 지난 원망을 농담 반으로 한 적이 있었다. 당시에 다른 반 담임 선생님들이 '기표도 2지망을 어디 썼다'고 하면서 그 친구들에게 2지망을 낮춰 쓸 것을 강권하여 담임 선생님들과 꽤 실랑이를 벌였다는 것이었다.

내가 생각하지 못한 부작용이었는데, 나로서는 그런 사정이 생길 수 있다는 것을 알 턱이 없었고, 실제 당시에는 그런 일이 일어나고 있는지도 몰랐다.

한편, 나는 그 여학생에게 말을 처음 붙인 이후에도 어쩌지를 못하고 여전히 그 여학생 주위를 맴돌며 친해지기 위해 눈물겨운 노력을 하였다. 그 덕분에 그렇게 마지막 배치고사를 보고 대학 입학 원서를 쓸 때쯤 되니, 처음보다는 그래도 말이라도 붙이는 수준으로 어느 정도 친해져 있었다.

그래서 입시 원서를 써놓고 이제 막판 피치를 올려야 할 시기에, 정작 나는 그 여학생과 돌아다니며 놀기 바빴다. 도서관에 가도 공부하는 시간보다는 그 여학생과 지하 매점에 가서 놀거나 열람실 옆 작은 공간에서 자판기 커피를 빼 먹으면서 노닥거리기 일쑤였다. 또한 그 여학생도 시험이 가까워 오자 스트레스를 이기지 못하였는지 오후에 일찍 가방을 싸서 나가는 일이 잦아졌고, 나는 더 가까이 지낼 기회다 싶어 옳다구나 하고 따라나서곤 했다.

정말 시험을 얼마 남겨두지 않은 시점에서 참 정신 빠진 짓이었는데, 그때는 마냥 좋았다.

"그저 좋단다!"라는 우스갯소리는 정말 이럴 때 딱 쓰는 말이겠다.

\* \* \*

당시는 지원을 먼저하고, 자신이 지원한 대학의 학과에 직접 가서 시험을 보았다. 예비 소집을 갔을 때 서울대입구 전철역에서 내려 서울대까지 걸어갔다.

나중에 대학에 들어가 보니 그때 유행하던 우스갯소리로 '몇 대 바보' 시리즈가 있고, 그중에 '서울대입구 지하철역에서 내려 서울대에 걸어가는 사람'이 있었는데, 내가 그 몇 대 바보 중의 하나가 되었다.

그렇게 '서울대입구역 앞에는 서울대가 없다'는 말을 몸소 체험하고, 시험 당일은 서울대입구역에서 버스를 타고 갔다. 쌀쌀한 날씨에 약간 비장한 마음으로 버스에 서서, 지하철역에서 대학교 정문으로 가는 도중에 있는 언덕을 넘어가는 장면이, 내 뇌리에는 10초 정도의 릴스처럼 여전히 남아 있다.

시험 보는 당일 컨디션은 크게 나쁘지 않았다. 그런데 그날따라 다른 과목은 모르겠는데 평소 자신 있던 수학 과목에서 정말 '산수'가 안 되어 미치겠는 상황이 발생하였다. 3점짜리였던 문제 2개가 그러하였다. 분명히 푸는 방식은 그렇게 푸는 것이 틀림없는데, 아무리 계산을 해도 답이 나오지 않는 것이었다.

아직도 기억나는 것은 세제곱근 27이면 답이 3이 될 것인데, 아무리 계산을 반복해도 중간에 세제곱근이 9가 되어 도저히 풀 수 없는 산수가 되었다. 결국 답을 내지 못하고 세제곱근 9를 얼추 계산해 보니 2.1 정도가 나와서 답을 '2'로 고르는 형편이었다.

맞을 리가 없었다. 나중에 보니 답은 3이었고, 결국 중간에 세제곱근 27이 되었어야 맞는데 어디서인가 계산을 계속 틀리고 있었던 것이다. 그 문제뿐만 아니라 다른 한 문제도 마찬가지로 이상하게 산수가 되지 않았다.

문제를 몇 번을 고쳐 풀면서도 어디서 잘못되었는지를 알아내지 못했고, 나중에는 마음이 급해지니 더 풀리지 않았다. 정말 이럴 때를 가리켜 '마가 낀다'고 하는구나 싶었다.

그런데 정말 신기한 것은 시험을 마치고 집에 돌아와서 풀어 보니 바로 답이 나오더라는 것이었다. 실제 시험장에서 얼마나 많이 풀어 봤으면, 시험장에서 본 숫자를 그대로 기억하고, 이를 다시 풀어 볼 수 있었겠는가.

땅을 치고 후회해 봐도 소용없었다. 평소 받던 수학 점수에 훨씬 못 미치는 형편없는 점수가 나올 것이 분명하였고, 그렇게 굵직한 문제 몇 개를 그렇게 과감하게 틀려서는 합격을 기대하기 어려울 상황이었다. 그렇다고 다른 과목 점수가 이를 만회할 만큼 갑자기 잘 나올 상황도 아니었다. 결국 누가 봐도 합격할 수 없는 상황이었다.

그런데 그것이 비단 '산수' 때문이었겠는가. 이미 딴 짓을 할 때부터 어디선가 누수가 되고 있었고, 그 결과가 그때 한꺼번에 터진 것이라고 보는 것이 합리적이다.

＊ ＊ ＊

합격자 발표가 나던 날 셋째 누나가 첫 아이를 낳으러 병원에 들어가면서 나에게 전화를 하였다.

누나는 "네가 합격이면 아들이 태어날 것이고, 불합격이면 딸이 태어날 것이다"라고 농담을 하였는데, 당일 셋째 누나는 딸을 낳았다.

그 셋째 누나 큰딸의 생일이 12월 28일이다. 셋째 누나는 지금도 그 얘기를 하면, "기억하지. 아들이 뭐라고 그때는 참…"이라고 헛

웃음을 켠다. 하지만 그때만 해도 그랬던 시절이었다.

당시 합격자 발표는 ARS 이런 것도 없었고(그다음 해부터인가 ARS 가 되었을 것이다), 서울대학교 대운동장에 수험번호와 이름을 크게 써서 붙여놓는 방식으로 하였기 때문에, 그 합격자 발표를 보기 위 해서는 다시 부천에서 서울대학교까지 직접 가야 했다.

합격자 발표는 각 단과대학 별로 되어 있어서, 나는 떨리는 가슴 을 누르고 법대 쪽으로 가 봤다. 이름이 없었다. 어느 정도 예상은 하였으나 막상 이름이 없는 것을 확인하자 가슴이 저 밑으로 깊게 내려앉았다.

바로 돌아서 집으로 오려다가, 그래도 2지망을 썼던 것이 문득 생각이 나서 그래도 그것까지는 확인해 봐야 하지 않겠나 싶었다. 그래서 그쪽으로 가 봤다. 그런데 그 2지망 합격자 란에 '○○○○ ○○ 김기표' 하고 떡하니 내 수험번호와 이름이 함께 걸려 있었다.

그런데 희한한 것은, 거기에 이름이 붙어 있는 것을 보니 기분이 더 우울해졌다는 것이다. 1지망 법대에 붙을 수도 있었겠구나 하는 생각이 들었고 수학 과목에서 못 풀었던 문제들도 다시 떠올랐다. 앞에서 말한 1, 2지망 선발 방식 때문에, 보통 2지망을 붙는 경우는 법대에서 1~2점 정도 차이로 떨어져야 가능한 것이었기 때문이다.

나는 궁금해하는 시골의 부모님과 누나들에게 그 결과를 알려 줬다. "법대 떨어지고 2지망 붙었다. 근데 나는 2지망은 안 간다"고 하였다.

누나들은 아무 말도 하지 않았다. 하지만 시골에 계시는 아버지는 처음 들으실 때는 아무 말씀 안 하시다가, 그다음 날 전화해서 "그래도 서울대인데 그냥 가는 게 어떠냐, 아니면 일단 가 놓고 재수를 하든지 해라"고 하였다.

나는 이상하게 그 말이 그렇게 서운할 수가 없었다. 그래서 아버지에게 화내듯이 "나는 법대 아니면 절대 안 갑니다. 그리고 일단 가 놓는다는 것도 돈 아까운 일입니다"고 하였다.

실제 돈도 아까웠다. 다니지도 않을 것이기 때문에 아예 다음 날 있을 신체검사도 가지 않겠다고 하였다. 아버지는 더 말씀을 하지 않으셨다.

합격자들은 합격자 발표일 다음 날 빠짐없이 신체검사를 받도록 되어 있었다. 비록 형식적인 절차였지만 엄연히 신체검사까지 받아야 최종 합격으로 처리되었다. 그러나 나는 아버지에게 말씀드렸듯이 신체검사를 가지 않았다.

그날 하루 종일 집에서 뒹굴뒹굴하고 있는데, 오후에 서울대학교 직원이라는 사람이 집으로 전화를 하였다. 그 직원은 나에게 "왜 신체검사를 받으러 오지 않느냐"고 하였다. "나는 그 학과에 다닐 생각이 없습니다"는 말만 하고 바로 전화를 끊었다.

결국 그렇게 나는, 그해 법대에 합격하지 못하였다. 당시는 매우 우울하였으나, 지금에는 그때 합격하지 못하였던 것이 오히려 인생의 아주 큰 행운이었다고 안도하고 있다.

간절히 집중하지 않았는데도 좋은 결과가 얻어졌다면 매우 그릇된 경험이 어린 나에게 입력되었을 것이고, 그것은 결국 나의 인생에서 커다란 독이 되었을 것이기 때문이다.

＊ ＊ ＊

그렇게 대학교에 떨어지고 난 그 겨울의 세상은 한마디로 '잿빛'
이었다고 표현할 수 있겠다. 날씨도 추운데다가 해도 짧은데, 기분
마저 그렇게 우울할 수가 없었고, 바람이 얼굴을 후비는 추운 겨울
에 아무런 의탁할 곳 없이 허허벌판에 내던져져 있는 그런 기분이
었다.

그때 시립도서관에서 만났던 그 여학생도 입시 결과가 좋지 않
았다. 나는 그 여학생 그리고 다른 친구들과 함께 부천 북부역과 남
부역에 있는 '스페이스', '스크린'과 같은 이름을 가졌던 커피숍을
전전하였다.

그곳에서 우리는 칵테일 같은 것을 소홀히 한 잔 시켜놓고 담배
를 피워 대며 하릴없이 시간을 때웠다. 그리고 저녁에는 부천 북부
역 땡땡이 골목 실비집에서 맛도 모르는 소주를 들이키며 어른인
양 굴었다.

그때 그저 그렇게 하루하루를 때우면서 그 여학생과 더 가까워
지고 싶었지만, 그 여학생도 대학 입시가 뜻대로 잘 안 되고 추가
입시를 준비하던 탓에 서로 마음이 괴롭던 시기였다. 여전히 그럭
저럭 애매한 사이로 지내고 있는 상황에서 그 여학생은 결국 이후
입시에서 대학에 합격하였다.

해가 바뀌어 봄이 시작될 즈음, 나는 부천역에서 전철을 타고 서울역에 있는 종로학원을 다녔다. 그리고 그 여학생 역시 역곡역에서 전철을 타고 자신이 합격한 대학교로 등하교를 하였다. 나는 종로학원에 들어가서도 그 여학생에게 연락하여 가끔 만났다.

그런데 그 여학생은 이미 대학생이 되어 있었고, 대학교 생활을 매우 잘 즐기고 있는 듯이 보였다. 그래서 가끔 만나면 나와는 완전히 다른 세상의 얘기를 했고, 그래서 그 여학생은 저만치 다른 세상에 사는 사람으로 보였다. 같은 대학의 멋있는 남자 선배 얘기를 내 앞에서 할 때는 자존심도 무척 상하였다.

결국 나는 그 여학생을 만나갈수록 쌓이는 절망감을 어찌하지 못했다. 내가 그렇게 좋아하는 마음을 표시하였지만 그 여학생은 나에 대해 앞으로도 별 관심을 보이지 않을 것 같다고 확신했다.

그와 같이 확신한 그 봄날, 나는 그동안의 나의 일방적인 짝사랑에 종지부를 찍어야 할 때가 왔다고 느꼈다. 상대방이 나와 같은 마음이면 몰라도, 아무런 반응도 없는 상태에서 올해에도 작년과 똑같이 그렇게 하고 있어서는 정말 안 되었다. 그런 마음을 먹는 것 자체가 무척 괴로웠지만, 이제 그만 그 여학생에 대한 마음을 정리해야 하였다.

그래서 그 봄 어느 날, 나는 학원에서 중간에 나와 그 여학생이 다니는 대학교로 무작정 갔다. 미리 연락을 하고 갔으면 또 만나야 주었겠지만 이번에는 만날 생각으로 간 것이 아니었기 때문에 그렇게 하지 않았다. 서울역에서 전철을 타고 더 가면 그 여학생이 다니는 대학교에 갈 수 있었다.

처음 본 캠퍼스 이곳저곳을 찬찬히 둘러보았고, 그 여학생이 수업을 들을 것으로 생각되는 강의실을 들어가 보기도 하였다.

그 여학생은 어떤 분위기 속에서 대학을 다니는지, 또한 어떻게 생긴 공간에서 수업을 듣는지, 그리고 요즘 어떤 느낌의 일상을 지내고 있는 것인지… 그저 그런 것들을 알고 싶었고, 함께 느끼고 싶었다.

그렇게 햇살 좋은 날 나는 그 대학 캠퍼스와 강의실을 그처럼 아주 차근차근 이리 걷고 저리 걷고 하다가 집으로 돌아왔다. 그리고 그해 다시는 그 여학생과 연락하지 않았다.

벚꽃 흐드러지게 피어 있던 햇살 찬란한 봄날이었다.

\* \* \*

어찌 보면 살면서 이불 킥을 할 장면도 많은 흑역사 같은 경험이었다. 그렇게 부천시립도서관에서 시작되었던 어렸을 적 그 설레임은 많은 노력에도 불구하고 결국 나의 일방적인 감정으로 끝나 버렸다.

모든 일이 그렇듯 다 지나간 관점에서 보면 웃으며 말할 수 있겠지만, 그때는 정말 세상에서 가장 중요한 감정이었고, 세상이 무너지는 일이었으며, 그 순간 나의 모든 것을 지배했던 사건이었다.

나는 그 후 대학 입시에 정말 열심히 매달렸고, 재수한 후에는 시험을 아주 잘 보았다. 그리고 원하는 학과에 합격하였다.

내 인생에서 있었던 또 하나의 좌절과 그로 인한 나이테는 그때 그렇게 만들어졌다. 나는 대학 입시에서 좌절하였고, 그 좌절한 만큼 느꼈으며, 곰삭았고, 그만큼 성숙하였다.

따지고 보면 재수가 그리 나쁜 것만도 아니었다. 재수하였던 학원의 우리 반에서만 법대에 들어온 녀석들이 8명이나 되었고, 그 친구들과는 그렇게 이미 대학 시절 이전부터 만났기 때문에 더 친한 느낌이 있었다. 그래서 대부분 평생의 친구가 되었다. 그리고 현재 정치적으로 유명한 분도 그곳에서 처음 만나 지금까지 친분을 쌓아오고 있다.

압구정동에서 고등학교를 나왔다는 한 녀석과 재수학원에서 여러 수다를 떨던 중, 내가 그 2지망 합격한 학과의 신체검사에 가지 않았던 얘기가 우연히 나오게 되었다. 그랬더니 그 녀석이 자신의 친구가 그 학과에 불합격했었는데, 신체검사 다음 날 학교에서 전화가 와서 추가 합격을 했었다고 하면서 세상 참 좁다고 하며 웃었다.

나는 지금도 그때 그 2지망에 합격한 학과에 가지 않았던 일, 당시 아예 신체검사도 가지 않아 돌아가는 다리를 끊어 버렸던 에피소드를, 내 인생에 가장 잘한 선택 중 하나로 꼽는다.

나는 다행히도 그 여름 아버지가 그 뙤약볕 아래 논바닥에서 말씀하셨던, 그리고 그 자리에서 결심하였던 법대 진학의 꿈을 이뤘다. 시골에는 마을 어귀에 플래카드가 붙었다.

# 내맹떡 윤순

윤순이었다.

호적에 정식으로 올라간 이름도 다른 것이었고, 평생을 불리운 명칭도 다른 것이었지만, 실제 그녀의 아버지와 어머니가 그렇게도 따뜻이 불렀던 그 이름은 윤순이었다.

윤순이 말하는 아버지는 그녀의 말을 빌면 착하디착하고 순하디순한 흔히 말하는 법 없이도 살 사람이었다. 마을에 들어오는 동냥치에게 밥과 반찬을 대충 동냥 바가지에 퍼주었다간 혼쭐이 나기 일쑤였다. 아무리 동냥치라도 밥을 줄 때는 꼭 상에 내어 주라고 딸에게 엄명할 만큼 인간에 대한 애정이 깊은 사람이었다.

동네에서 메구(농악)를 칠 때는 상쇠로서 상모를 잘 돌렸는데, 발이 땅에 닿지 않는 것처럼 사뿐사뿐하는 본새가 남달랐다고 하였다. 윤순은 아버지에 대해 늘 그런 자랑을 하며 그리워하였다.

윤순이 말하는 어머니는 집이 충분히 먹고 살만 한 상황에서도, 농사를 짓는 것 말고도 광주리를 이고 이것저것 물건을 떼어다가 이 마을 저 마을로 다니며 장사까지 했던 부지런했던 사람이었다.

그 성정은 아버지보다 강했지만 시집와서 난생처음 본 시어머니 성질에 비하면 성질이라고 할만도 못한 것이었다.

윤순이 철이 들 때쯤 되어서는, 그 아버지는 징용에 끌려가서 노예처럼 일한 대가로 겨우 모아온 돈에다가 이것저것 다른 돈을 끌어모아 미영(목화) 타는 기계와 나락과 보리를 타작하는 기계를 샀다.

동네 사람들이 미영을 수확하면 윤순네로 미영을 타러 왔고, 나락을 베거나 보리를 칠 계절이 오면 동네 사람들은 윤순네에서 발로 굴러서 나락과 보리를 떨어내는 그 기계를 빌려 갔다.

당시는 미영 타는 기계 등이 모두 귀해서 그 마을에 윤순이네밖에 없었다. 나락이나 보리는 문제가 없었는데, 미영 타는 계절에는 윤순네로 사람들이 몰려들었다. 그래서 윤순은 어머니와 올케언니와 함께 손님들 끼니때마다 밥을 내와야 했고, 그것은 어린 윤순에게 무척 고된 일이 되었다.

그와 같이 하여 윤순이네는 돈을 많이 벌었다. 아버지가 징용에 끌려갔을 때 배를 곯았던 설움은 씻겨졌다. 윤순의 아버지는 그렇게 모이는 돈통의 관리를 어린 윤순에게 맡겼다. 큰딸은 전쟁 통에 사라졌고, 윤순보다 손위인 오빠가 있었으나 셈으로나 양심으로나 믿을 수 없었다.

윤순은 총명한데다가 정직하여 아버지가 특히나 예뻐하였다. 윤순에게 맡긴 돈통은 틀리는 법이 없었다. 아버지는 항상 윤순이 "아들로 태어났어야 했다"고 하곤 하였다. 그 말 때문이었을까. 이후 윤순은 그시대 사내들이 짊어졌어야 할 몫조차 짊어지는 삶을 살아야 했다.

✳ ✳ ✳

어렸을 적에 소학교를 잠시 다니기는 하였다. 그러나 나무로 헐게 지어져 있던 그 학교는, 윤순이 3학년이던 그 어느 여름날 몰려온 무서운 태풍 바람에 폭삭 주저앉고 말았다.

건물이 쓰러지려는 낌새를 채고 아이들이 달려 나왔고 윤순은 발뒤꿈치에 육중한 느낌의 물건을 얻어맞았다. 돌아보니 나무로 된 문짝이었다. 윤순은 아픈 것을 느낄 새도 없이 학교를 도망쳐 나왔고 가까스로 화를 면했다. 그러나 윤순의 동무들은 그날 꽤 희생되었다.

그 후 비가 오는 밤에 그 학교 터 옆을 지날 때면, 누구는 울음소리가 들린다고도 하고, 누구는 헛것이 보인다고도 하여, 동네 사람들은 웬만하면 비가 오는 날 밤에는 그 주위를 지나가려 하지 않았다.

그렇게 잠시 학교 맛을 2년 남짓이나 보았을까, 그렇게 학교가 쓰러져 버린 이후로 학교라는 곳은 가 보지 못했다. 그래서 윤순은 읽는 것은 어떻게 간신히 읽을지라도 쓰는 것은 여전히 삐뚤빼뚤하였다.

그런 윤순은 나이 스물이 넘도록 시집을 가지 못하였다. 아니 가지 않았다. 넉넉한 집안에서 아버지가 제일 예뻐하던 자식이었던 윤순은 스스로도 시집가는 것을 원치 않았다. 아버지도 그리 서두르는 기색이 없었다. 윤순은 아버지 어머니와 떨어져 살고 싶지 않았고, 그 집이 정말 좋았다. 윤순은 아버지가 물어보면 언제나 '죽어도' 가지 않겠다고 하였다.

큰언니는 일제강점기 때 시집을 가지 않으면 일본 놈들이 잡아간다고 하여 서둘러 시집을 보냈고, 해방 후 전쟁 통에 사라졌더랬다. 큰언니에 비하지 않더라도 당시 처녀들이 시집가는 나이에 비하면 윤순은 과년한 23세가 되었다.

같은 동네에 아버지의 동생인 작은아버지가 살고 있었고, 그 작은아버지의 아들 그러므로 윤순에게 사촌오빠가 되는 사내는 군대에 가 있었다. 어느 날 그 오빠가 집으로 찾아왔다. 휴가를 나왔다고 하였다.

사촌오빠는 큰아버지에게 윤순이 중매를 하겠다고 하며 윤순의 사진을 달라고 하였다. 휴가 끝나고 부대에 들어갈 때 사진이라도 안 가지고 가면 위에 있는 중사에게 혼이 날 거라고 하면서 애원하다시피 하였다.

그 중사는 가진 것이 너무 없어서 어디 장가갈 엄두나 용기를 못 내고 있었는데, 자신을 잘 따르던 사촌오빠에게 그나마 선을 부탁한 것이었다.

윤순의 사촌오빠는 자기 큰아버지에게, 신랑이 될 사람은 같은 군대 중사로서 자기 상사인데, 고향이 보성이라고 하였고, 사람 하나는 정말 야물다고 하였다.

\* \* \*

　그 사촌오빠네 역시 집이 정말 가난하였다. 윤순의 어머니가 없을 때면 늘상 그 오빠네 어머니가 차데기를 가지고 왔고, 윤순의 아버지는 쌀이며 다른 곡식이며 먹을거리를 나눠주곤 하였다.
　어머니는 집으로 돌아와 곡식이 비어 있는 것을 보고, 아버지에게 "밤낮 퍼주니, 날이면 날마다 차데기를 들고 오지 않느냐!"며 아버지에게 소리를 질렀고, 순한 아버지는 "어허 참" 정도의 말을 할 뿐 사나운 말을 듣고서도 그렇게 곤란해하기만 하였다. 그럼에도 불구하고 다음에도 차데기를 들고 오면 아버지는 어김없이 있는 대로 퍼줬고, 어머니는 아버지에게 욕을 하다가 이제는 그 자리에 없는 그 동서를 향하여 욕을 해대곤 하였다.
　그만큼 아버지는 같은 마을에서 가난하게 사는 동생에게 각별하였고 따라서 그 조카들에게도 각별하였다. 그런 이유로 그 사촌오빠는 들어가는 길에 엄지손가락만 한 크기의 사진을 한 장 들고 갈 수 있었다. 미영적삼 입은 어린 윤순의 먼지 낀 사진이었다.
　얼마 후 사촌오빠는 자신이 윤순의 사진을 가져다준 그 군대 상사가 모월 모시에 찾아갈 것이라고 기별을 해줬고, 그 사내는 그 사촌오빠가 자세히 일러준 대로 크게 헤매지 않고 윤순의 집으로 찾아왔다. 그렇지 않았더라도 윤순의 집은 그 동네에서는 눈에 띄는 집이어서 찾기 쉬웠을 것이었다.

윤순은 총각이 온다는 말을 듣고 방으로 숨었다. 얼핏 보이는 그 사내는 체격은 말랐지만, 인상이 다부지고 잘생겨 보였다. 어머니는 술상을 내었고, 사내는 아버지와 술상을 사이에 두고 반나절을 놀았다.

사내는 술을 아무리 먹어도 취하는 기색이 없었고 성격이 호방하였다. 게다가 명심보감이니 해 가며 말하는 것을 보니 문자속도 들어 있었다. 전쟁 통에 군대에 들어갔고, 전쟁이 끝나고 제대할 때가 넘었는데도 도통 제대를 시켜주지 않아서 군 생활을 만 6년이 넘도록 했다고 하였다.

전쟁 통에 하사관으로 지원하면 교육을 두 달을 받게 되는데, 전쟁터에 나가면 나가자마자 모두 죽을 때였으니, 두 달 더 연명해 보겠다고 하사관을 지원한 것이 이렇게 군 생활을 오래하게 된 계기가 되었다는 말도 덧붙였다.

아버지는 그렇게 그 사내와 술자리를 하면서, 당신이 가장 따뜻이 키운 딸을 시집보내도 좋겠다고 마음먹었다.

＊ ＊ ＊

사내는 얼마 후 제대하였다는 기별을 보냈다. 어른들 사이에서 이런저런 얘기들이 오가고 혼인 날짜를 동짓달 모일로 정했다. 사내의 나이 27세, 윤순의 나이 23세였다.

윤순의 어머니는 아버지에게 그래도 딸이 시집가서 살 집 정도는 몰래도 보고 와야 하지 않겠느냐고 졸랐으나, 아버지는 사내가 그 정도면 다른 것은 볼 것 없다고 호기를 부렸다. 윤순이도 내심 걱정은 되었으나, 아버지 어머니에게 거역하는 말 한번 하지 않고 자란 순한 처녀가 대놓고 물어보거나 따질 일이 아니었다.

그렇게도 눈이 많이 내리고 며칠 지나지 않은 동짓달 추운 날이었다. 윤순의 집에서 혼례식을 하고 첫날밤을 보낸 후 다음 날 시집으로 가도록 되어 있었다.

첫날밤에는 막내 여동생 정엽이 "성한테 가꺼야" 하면서 울고불고하는데, 아무리 어르고 달래도 소용없었다.

막내 정엽은 윤순이 철이 들면서 어머니 대신 도맡아 키워 왔던 아이였다. 그래서 막내 정엽은 윤순을 엄마보다 더 따랐고, 매일 밤을 윤순이 데리고 갔다. 그런데 어느 날 그렇게 갑자기 윤순이 따로 잠을 자게 되니 죽기 살기로 언니를 찾을 수밖에 없었다.

할 수 없이 윤순은 사내에게 양해를 구하고 막내 정엽을 신방으로 데리고 왔다. 저녁 내내 울던 막내 정엽은 윤순이가 안아주자 지쳐서 윤순의 팔을 베고 바로 곯아떨어졌다.

정엽은 윤순과 그 아들딸, 즉 자기 조카들이 모여 노는 곳에서는, 늘 그때의 일을 무용담처럼 말하였다. 기억날 리는 없을 것이고 자신이 생각해도 우습고 쑥스러운 일이라서 그럴 것이다.

아직 흰 눈이 소복이 쌓여 있던 그다음 날, 윤순은 눈물을 훔치면서 사내를 따라나섰고, 아버지와 어머니도 함께 나섰다. 동생 정엽은 "성아, 가지 마라!"고 울면서 눈밭에서 굴렀다.

윤순은 어제부터 어찌된 일로 혼례식에 보통 데리고 온다는 사진사도 안 왔는가 하였고, 또한 가마도 안 온 것이 이상하였다. 보통은 혼례식부터 사진사가 와서 사진을 찍고 그렇게 첫날밤을 보낸 후에는 신랑이 가마를 마련해서 신부를 태워 가야 했으나, 신랑은 출발하도록 어찌 된 일인지 가마를 내오지 않았다. 사내는 그만큼도 마련할 돈이 없이 가난하였던 것인데, 윤순은 평생 사내에게 그 일을 원망하였다.

결국 윤순은 저 읍내까지 걸어가서 버스를 한참을 기다렸다가 타고는 벌교까지 가서 다시 기차로 갈아탔다. 그리고 예당역에 내렸다.

사내에게는 윤순의 시누이가 될 막내 여동생이 있었고, 그 막내 여동생은 친구들이 유독 많았다. 예당역에 내렸더니 그 막내 여동생 친구들이 그렇게도 많이 각시 굿을 보겠다고 나와 있었다. 거기서부터 또 산등성이 집에까지 걸어 올라가는데, 각시 굿 보겠다고 온 막내 여동생 친구들은 양쪽으로 서서 새각시 얼굴이 어떻게 생겼는지 본새가 어떤지 구경하였다. 그러면서 각시가 가마도 없이 온다고 수군거렸다.

윤순은 가마도 없이 걸어 올라가는 자신의 신세가 부아도 나고 참담하였으나 이미 어쩔 수 없는 일이었다. 윤순은 이제 이곳에서 일생을 살아야 했고 지금까지 살았던 집에서의 생활은 과거의 것에 불과하였다. 그것은 이제 더 이상 윤순의 것이 아니었다.


* * *


같이 따라온 어머니는 윤순이 들어가는 집 모양을 보고 기가 막혔다. 기차역에서 한참을 걷고 걸어 산 밑에 들어가서는 평지도 아닌 등성이 땅에 몇 채의 집들이 모여 마을을 이루고 있었는데, 그중한 집으로 들어가는 것이었다. 자신이 사는 집처럼 큰 기와집까지는 바라지 않았지만, 틀고 앉아 있는 집의 모양새가 이건 집인지 뭣인지 알 수 없을 만큼 작고 초라하였다.

손위 시누이 자리가 되는 사내의 누나는 부르면 들릴 정도의 거리 한동네에 살고 있어(재밌는 것은 그래서 이 시누이의 택호가 '한동댁'이다. 한동네에서 시집왔다고 해서 그렇게 붙였다고 했다), 노상 자신의 친정을 드나들었는데, 나중에는 그것도 뒤지지 않는 시집살이의 근원이되었다.

그 큰누나 바로 밑에 윤순의 신랑이 되는 사내가 있었고, 그 사내밑에는 남자 동생만 셋, 그리고 그 막내 여동생도 하나 있었다. 그런 상황에서 겨우 3~4명이 딱 붙어 잘 만한 크기의 방이 하나 있었고, 옆으로 마구간에 붙은 방 하나가 있었는데, 이제 그 방이 윤순이 기거할 곳이었다.

결국 사내가 결혼하고는 사내의 식구들은 새로 방을 하나 낼 때까지 여덟 식구가 그 집에서 모두 잘 수가 없어서, 남동생들은 동네

에서 잘 사는 집 머슴들이 새끼도 꼬고 가마니도 만들어 내는 사랑
방으로 가서 머슴들과 같이 일을 하다가 함께 잠이 들곤 하였다. 비
단 사내의 동생들뿐만 아니라 그 동네에서 자기 집에 잘 공간이 없
는 청년들은 그렇게 잘 사는 집 한두 곳을 정해서 그런 집 사랑방을
전전하며 잠을 자고 다니던 시절이었다.

윤순의 어머니는 그 모양 그 꼴을 보자마자, 시어머니의 앉았다
가라는 말에도 그냥 열불이 나서 되돌아 나와 버렸다. 신작로까지
걸어오면서 계속 눈물을 흘렸다. "이 썩어빠진 영감탱이, 시집오기
전에 집이라도 봐야 하는 것 아니냐고 그렇게 말했구만은, 뭘 얼마
나 잘 났다고 그 말을 무시하더니 저런 거지같은 집에 윤순이를 보
내고야 말았구나"라고 탄식하였다.

윤순도 집이 틀고 앉아 있는 몰골에 적잖이 놀랐다. 더욱 기가 막
혔던 것은 손아래 시누이 친구들이 집으로까지 신부 구경 온다고
몰려왔을 때이다. 일단 임시로 시부모가 기거하는 방을 비우고 신
방을 차리고 신부 선을 뵈는데, 그 방 앞에 물레(마루)가 있었다. 그
물레에 올라가면서부터 "웬 물레가 이렇게 단단하지 못하게 평상
같은 것을 벽에 붙은 듯 생겼는가?" 하였다.

동네 시누이 친구들이 와 앉아서 방 안에 있는 윤순을 보겠다고
난리를 쳤을 때, 그 물레 기둥에 받쳐놓은 돌이 버그러지면서 그것
이 와르르 무너져 내려 버릴 줄이야 어떻게 알았겠는가.

그 물레가 무너지면서 동네 처자들이 마당에 널브러지는 모습은
평생 잊지 못할 광경이었다.

* * *

그 이튿날부터 시어머니의 쩌렁쩌렁한 고함소리가 들렸다.

그동안 혼인날까지 정해진 시간 내에 혼수이불과 옷가지를 만들어 내느라 친정어머니와 며칠 밤을 새우다시피 다듬이질과 바느질을 하였고, 친정집에서 혼례식을 하고 가마도 없이 그다음 날 버스와 기차를 타고 걸어서 시집까지 온 피로가 쌓이고 쌓여 그 이튿날 해가 뜨도록 일어나지 못하였다.

시집온 신부가 아침 해가 뜰 때까지 일어나지 않았으니 시어머니가 소리를 질러댄 것이다. "계집하고 사내놈이 게으르기가 한 짝이구나!" 하는 시어머니의 고함소리를 들은 윤순은 소스라치게 놀라 머리는 산발인 채로 일어나서 쪽을 지는데, 이것도 익숙하지 않은 것인 데다가 머리숱은 또 왜 그리 많아서 쪽을 지는 것이 이렇게도 어려운지, 마음은 급하고 가슴은 쿵당쿵당 방망이질을 해 대었다. 결국 쪽은 잘 지어지지 않아, 비녀를 대충 꽂은 듯 마는 듯하고 부엌으로 달려갔다.

윤순은 이제 그렇게, 앞으로 평생 불리울 명칭인 '내맹떡'이 되었다. 고흥군 남양면에서 시집왔다고 하여 마을 사람들은 윤순을 '남양댁'이라고 불러야 할 것이었는데 그곳에서는 그냥 자신들의 입에서 나오는 대로 내맹에서 왔으니 내맹떡, 이런 식으로 되었다.

사람들은 이제 사내도 그 이름 대신 내맹 양반으로 올려 불렀다. 내맹떡 윤순의 신산한 인생은, 그렇게 앞으로 50년 가까이 계속될 고된 시집살이를 알리는 일부터 시작되었다.

남편은 무뚝뚝하고 시어머니는 무서웠다. 시어머니는 동네에서는 이미 유명한 성깔 있는 분이었다. 반면, 시아버지만은 그 동네 사람들이 모두 호인으로 인정하던 분이었다.

시아버지의 택호는 '바뭇 양반'이었다. 시어머니가 율어(栗於) 사람이었기 때문에 '밤'을 뜻하는 '바무'로 불렀다. 그러나 마을 사람들은 시아버지를 바뭇 양반 대신에 '로쿠사쿠'라는 별명으로 더 많이 불렀다. '로쿠사쿠'는 일본어로 '육척'이라는 뜻이었다. 키가 그만큼 커서 불렸던 별명이었는데, 성정은 순하고 착한 사람이었다.

시아버지는 당신의 아내가 며느리에게 시집살이를 호되게 시키는 것을 보면서도 대놓고 며느리 역성은 들지 못했다. 다만, 윤순을 말없이 티 나지 않게 도와주었다. 윤순이 바쁠 때면 아궁이 군불도 때주었고, 보리를 찧어야 할 때면 윤순보다 미리 보리를 찧어 내 왔다.

그러나 아내가 윤순에게 너무 심하게 한다 싶으면 가끔 "먼 쓸데없는 소리를 그리도 해 쌌는가?"라고 느릿느릿한 목소리로 말하였고, 시어머니도 평소 말이 없는 시아버지가 그 말을 할 때면 윤순에게 더 이상 뭐라고 하지 않았다.

훗날 시아버지는 시어머니보다 훨씬 일찍 돌아가셨다. 평생 앓던 해소가 심해져 가쁜 숨을 삼키는 것을 지켜보던 윤순이 시아버지의 머리를 무릎으로 받쳤다. 시아버지는 가늘게 눈을 떠 윤순을 바라본 후 이내 숨이 골라지고 곧 평화로이 가셨다.

윤순은 그렇게 시아버지가 돌아가셨을 때 앞으로 어찌 이 시집 살이를 견뎌낼꼬 하였다. 그만큼 윤순에게는 유일한 방패막이가 되어 주신 분이 시아버지였다.

\* \* \*

윤순은 딸 둘을 연달아 낳고, 그 후 아들을 낳았다.

아들을 가질 때는 윤순과 그 남편 모두 상서로운 태몽을 꾸었다. 남편은 밝은 대낮에 중천에 떠 있던 해가 자신의 몸으로 떨어져 이를 받는 꿈을 꾸었다고 했다. 윤순은 큰 구렁이가 집으로 들어오는 꿈을 꾸었다.

그 구렁이는 몸통이 너무 굵고 길어서, 이미 머리는 토방 위에까지 들어왔는데 아직 꼬리는 샐 밖(사립문 밖)까지 길게 늘어져 있었다. 그 몸통은 그리도 굵고 움직임은 생생하였다. 한편, 토방 위에 있는 머리는 영락없는 용의 형상을 하고 있었고 그 머리에는 풍경 (風磬)이 둘리어 있었다.

다만, 그 꿈속에서도 이상했던 것은 용이 머리를 계속하여 좌우로 까딱까딱 움직여 풍경 소리가 났고 덩치에 비해 유난히 꼬리에 힘이 없어 보였던 것인데, 잠이 깨고 나서 윤순은 바로 태몽인 것을 알았다.

태몽의 내용을 볼 때 정말 크게 될 아들이 나올 것이라고 기대하였다. 용이 머리를 좌우로 까딱까딱 움직이고 꼬리에 힘이 없어 보이는 것이 조금 마음에 걸렸으나, 큰 인물을 낳게 될 꿈에 부풀어 크게 신경 쓰지 않았다.

그즈음 남편이 자신의 꿈을 자세히 얘기하면서 태몽인 것 같다고 하였다. 태몽에 해가 보이면 장차 아버지와 사이가 안 좋다는 말이 있다던데 하는 걱정은 들었으나, 남편의 해를 안는 꿈과 용이 집에 길게 들어와 있는 자신의 꿈을 모두 합쳐보면, 누가 뭐라 해도 장차 나올 녀석은 큰 인물이 틀림없을 것이었다.

그러나 남편의 태몽을 듣고서도 윤순은 끝까지 자신이 꾼 태몽을 남편에게 말하지 않았다. 입 밖에 내는 순간 뭔가 부정을 탈 것 같아 불안하였다.

그리고 몇 달 후 8월에 사내아이가 태어났다. 남편은 특별히 작명가를 찾아가 충분한 돈을 주고 '행수'라는 이름을 지어 왔다. 과연 아들은 어렸을 때부터 총명하였다. 생긴 것도 너무 잘생기고 예뻐서 옷을 입혀 나가면 동네 사람들이 다 몰려들어 예쁘게 잘생겼다고 난리였다.

가난하고 고된 시집살이에, 무뚝뚝한 남편에, 의지할 곳 없던 윤순에게 유일한 위안거리이고 행복이 되었다. 세상 그 누구도 부럽지 않았다. 항상 술을 먹고 늦게 들어오던 남편은 언제부턴가 행수를 보겠다고 그렇게 좋아하는 술자리도 뿌리치고 일찍 일찍 들어왔다.

첫째와 둘째, 그렇게 딸 둘을 낳았을 때는 아이를 그저 가끔 안아주는 둥 마는 둥 하던 남편은, 아예 행수를 자기 차지로 하였다. 남편의 그런 살가운 모습은 살면서 처음 보았다. 저런 사람이었던가 하였다.

그러던 어느 날이었다. 한 스님이 집으로 탁발하러 와서 목탁을 쳐댔다. 당시에는 동네에 동냥치뿐만 아니라 탁발승들도 많을 때였다. 윤순은 집으로 오는 탁발승들을 그냥 보내지 않고 작은 양이나마 쌀을 주는 시늉이라도 하였다. 더 많은 양을 퍼주기에는 집안 살림이 넉넉지 않았고, 먹을 입들이 너무 많았다.

윤순은 그날도 어김없이 쌀을 조금 떠서 스님의 바랑 속에 넣어 주었다. 그런데 그날 그 탁발승은 분위기부터 여느 스님과 달리 조금 특이하였다.

* * *

쌀을 받으면 탁발승들은 대개 인사를 하고 바로 집을 나섰다. 그런데 그날 그 스님은 쌀을 받은 후에도 집에서 나가지 않고 한참을 목탁을 두드리며 염불하였다. 윤순은 이상하였으나, 그래도 쌀을 받은 값으로 기도를 열심히 해 주는 것이라고 여기고 마음속으로 고마워하였다.

그런데 그 스님이 염불을 마친 후에 이상한 말을 하였다. "이 집은 남아(男兒)가 없는 집이니, 혹시 아들이 있다면 그 아들을 다른 데에 팔아야 아들이 무사할 것입니다"라고 하는 것이었다.

윤순은 그 말이 도대체 무슨 말인가 하였다. 윤순이 어리둥절해하는 사이 탁발승은 그 말을 마치고 홀연히 사라졌다. 하루 종일 그리고 그다음 며칠도 그 탁발승의 마지막 말이 윤순의 머릿속을 맴돌았다. 그리고 꺼림칙하였다. 그러나 윤순은 이내 잊어버리고 대수로이 여기지 않았다.

그러나 이후 윤순은 그때 왜 다른 사람에게라도 그게 무슨 말이었는지 물어보지 않았을까 하는 후회를 평생 하였다.

섣달 스무엿새 날은 남편의 사촌 형인 서동 시숙 집에서 제사를 지내는 날이었다. 행수는 이제 해를 넘기면 세 살이 될 것이었다. 그 제삿날 음식을 장만하는데 행수를 데리고 갔다.

행수는 온갖 귀여운 짓은 혼자 다 하여 제사 음식 차리러 온 아낙네들의 귀여움을 독차지하였고 윤순은 그런 행수가 자랑스러워 어쩔 줄 몰랐다. 그날 낮에는 얼마 전에 장에서 사다 준 빨간 신발을 신고는, 아빠 앞에서 오른발 한번 들어 보이고 왼발 한번 들어 보여 가며 자랑을 해 대는데, 아빠가 귀여워하며 정신을 못 차렸다.

그런데 그다음 날부터 행수 몸에서 열이 나기 시작했다. 윤순은 처음에는 겨울에 흔히 하는 감기 치레로 대수롭지 않게 생각하고 장에도 다녀왔다. 그런데 장에 다녀와서 행수를 다시 보니 아이의 상태가 완전히 나빠져 있었다. 열은 펄펄 끓고 있었고, 얼굴은 완전히 핼쑥해져 있는 상태에서 아이는 아프다고 '아아' 하는 신음만 간신히 내고 있었다.

신작로 옆에 있는 병원으로 아이를 들쳐업고 달려갔다. 안 씨가 하는 병원이었는데, 딱히 병원에서 해 줄 것이 없는 것처럼 보였다.

그때부터 아이가 갑자기 머리를 까딱까딱 흔들기 시작했다. 태몽을 꿀 때 보았던 그 용이 머리를 흔들던 모양과 그대로 같았다. 등골이 오싹하였다.

윤순과 남편은 다시 양 씨가 한다는 의원에도 가 보았다. 아이는 이제 다리도 축 늘어져 있었다. 그곳에서도 별로 할 수 있는 것이 없어 보였다. 의사들도 뭐가 문제인지 모르는 것 같았다. 결국 의사 양 씨는 아이가 풍에 들린 것 '같다'고 하면서 남편에게 침울하게 말했다. "동생, 희망이 없네."

섣달그믐 한 해가 저물어가던 날, 그날 오후에 행수도 저물었다.

남편은 그 길로 예당산 자락에 행수를 묻었다. 평소 눈물과는 거리가 멀었던 남편은 "내가 똥 빤스를 팔아서라도 가르쳐 보려고 했는데 죽었다"고 목을 놓아 울었고, 윤순은 세상을 잃었다.

이후에도 한참을, 윤순은 혼이 나간 사람 모양을 하고 날마다 아이 무덤을 찾아가 울었다.

＊ ＊ ＊

행수가 그렇게 가고, 윤순은 그 후에도 딸들을 계속하여 낳았다. 다섯째까지 모두 딸이었다.

그 이전에 넷째 딸이 나왔을 때는 윤순은 정말 절망하였다. 그때 누군가가 마지막에 태어난 아이에게 남장을 시키면 그다음에 태어나는 아이는 틀림없이 아들일 것이라고 하였다. 그래서 넷째 딸은 아예 처음부터 남자 옷만 입혀 키웠는데도, 다섯째도 그렇게 또 딸이 나왔다.

그렇게 다섯째 딸을 낳았을 때, 시어머니는 늘 그러했듯이 아이를 낳은 후에 바로 들어와서 아들인지 딸인지 확인하고 또 딸인 것을 확인하자, 강포 모서리를 휙 집어던지듯 떨치고는 며느리는 쳐다보지도 않고 휑 돌아서 나갔다. 돌아서는 뒷모습에 찬바람이 일었다. 서러웠다. 윤순은 이번에도 아이를 낳고도 수고했다는 말 한마디 듣지 못하였다.

집 뒤에는 예당산이 있었다. 예당산은 그 발치에 있는 윤순의 마을을 품 넓게 감싸 안고 있었고, 산 중턱에는 절이 하나 있었다. 그곳 주지스님은 예전부터 그곳에 터를 잡아, 그 근방의 사람들이 많이 찾아왔다.

그래서 그 스님은 윤순네 마을 사람들과도 가까이 지내고 그 마을의 속사정을 누구보다 잘 알고 있었다. 항상 취한 채 막걸리를 들고 나니며 돌 깨는 일을 하던 석수장이였던 그 형과는 달리, 그 스님은 참 차분하고 점잖은 분이었다.

윤순은 다섯째 딸을 낳은 후에는 그냥 있다가는 아무 일도 안 되겠다고 생각하였다. 그래서 이제는 틈이 날 때마다 그 절에 가서 부처님께 빌었고, 집에서는 새벽에 일어나자마자 또 빌었다.

윤순은 다시 태기를 느꼈다. 윤순은 배가 불러오는 모양을 이리보고 저리 보고 하였다. 어떨 때는 행수를 낳을 때의 배처럼 불러오는 것 같기도 하였고, 어떨 때는 딸들을 낳을 때의 배처럼 보이기도 하였다. 아래로 푹 꺼져서 불러오는 것이 아들인 것 같다가도, 동네에서 그렇게 배부르고도 딸을 낳은 다른 아낙의 말을 들으면 금세 다시 실망스러워졌다.

윤순은 이제 스님을 보면 늘상 "아들이겠소, 딸이겠소"라고부터 물었다. 벌써 몇 번째 같은 물음을 하는지 몰랐다. 윤순도 자기 자신이 그러고 있다는 것을 알았지만 어쩔 수 없는 일이었다.

집에만 있다 보면 도저히 조바심이 나서 견딜 수가 없어서 틈만 나면 절에 가서 스님에게 같은 질문을 하였다. 스님의 답변도 늘 같았다. "내맹떡, 틀림없이 아들이오! 아들이라도 세상을 떵떵거릴 요런 큰 아들이 나올 것이니 걱정일랑 마시오!"라고 하며 엄지손가락을 추켜들어 보였다.

윤순은 저것이 그냥 나를 위로하는 말인가, 아니면 진짜 스님이라서 뭘 알아서 하는 말이겠는가 헷갈렸다. 그래도 딸일 것이라고하는 말보다는 백배 나았다. 그렇게 스님한테 다녀가고 나면 며칠 정도는 마음이 안정되었지만, 그것도 얼마 가지 않았다.

다시 조바심을 내다가 결국 못 견디면 다시 스님한테 가서 불공도 드리고 다시 예의 그 "아들이겠소, 딸이겠소"를 반복하였다. 물론 그 스님도 여전히 "틀림없이…" 타령을 하였다.

윤순은 그 스님이 진짜 영험한 사람이어야 했다. 단순한 위로이고 스님이 엉터리이면 정말 그것은 세상 끝나는 절망이었다.

그렇게 겨울이 가고 따뜻한 봄이던 음력 3월, 윤순은 아이를 낳았다.

　　　　　　　　＊ ＊ ＊

　그 스님은 '결국' 영험하였다. 아들이었다.

　시어머니는 아이 울음소리가 들리자마자 방으로 들어와 아들인지 딸인지부터 확인하였다. "오매, 아들이네잉 아들이여, 우리집에도 고치 하나가 생겼네잉"이라고 하고는 방을 뛰쳐나갔다.

　흔히 말하는 닭똥 같은 눈물이라는 것이 그때 윤순의 눈에서 흘러내렸다. 울어도 울어도 마르지 않는 눈물을 흘렸다. 시어머니가 여전히 수고했다는 말을 하지 않아도 서운하지 않았다. 잃었던 세상을 다시 찾아온 느낌이었다. 이제 남편에게도 떳떳하게 되었다.

　당일은 오일장 중에서도 그곳에서 장이 열리는 예당장날이었다. 시어머니는 그 길로 예당장으로 내려갔다. 산등성에 있는 집에서 장터까지는 꽤 걸어가야 하는 거리였지만, 그때 시어머니에게는 별반 대수롭지 않았을 거리였다.

　우선 돼지 전으로 갔다. 자신의 큰아들이자 윤순의 남편은 농사 짓는 일 말고도 오일장을 돌아다니며 가축으로 쓰이는 돼지 거간(중개)을 하였다. 그러므로 아들은 돼지 전 어딘가에서 돼지 거간을 하고 있거나 그 돼지 전 바로 뒤에 있는 막걸릿집에 있을 것이었다.

　시어머니는 큰아들에게 "에미가 드디어 아들을 낳았다"고 알려주었다. 아들은 마시던 막걸리 사발을 집어 던지듯 내려놓고 집으로 향했다. 시어머니는 온 예당장을 돌아다니면서 아는 사람, 모르는 사람을 가리지 않고 만나는 사람마다 "내 메누리가 아덜을 낳았소"라고 소리치며 덩실덩실하고 다녔다.

산골 동네에서는 그렇게 아들 못 낳던 내맹떡이 드디어 아들을 낳았다고 떠들썩하였고, 고추가 걸린 금줄을 보며 자기 일인 양 좋아하였다.

윤순은 거동할 수 있게 되자 그 스님부터 찾았다. 그 스님에게 넉넉히 시주하고, 이름을 지어줄 것을 부탁하였다. 남편도 저번 행수 때 부탁하여 지은 작명가는 아예 생각도 하지 않았다.

윤순은 이 아들이 똑똑하고 큰 인물이 되기를 바랐다. 그리고 무엇보다 아무 탈 없이 오래오래 살아야 했다. 그래서 스님에게 깊이 따져봐서 꼭 그렇게 될 이름으로 지어 달라고 하였다.

스님은 아들의 사주팔자를 받아 적고 한참을 혼자 뭘 써가며 궁리하더니 곧 이름을 지어 주었다. 윤순은 스님이 붓으로 정성껏 쓴 아이의 이름을 건네받았다.

'起杓(기표)'라고 쓰여 있었다.

✻ ✻ ✻

윤순은 그렇게 이름을 짓고서도 불안하였다. 행수처럼 또 이 아이가 잘못되면 어쩌나 하였고, 그 걱정은 이후에도 윤순을 평생 지배하였다.

행수 때 찍었던 백일 사진, 돌 사진도 찍지 못하였다. 그때 그 사진을 태울 때의 미어짐은 두려움으로 변해 결국 이 아이의 백일 사진, 돌 사진도 못 찍게 만들었다.

아이를 낳고 떠오른 것이 옛날 행수가 죽기 전에 집에 왔었던 그 탁발승의 말이었다.

"이 집은 남아(男兒)가 없는 집이니, 혹시 아들이 있다면 그 아들을 다른 데에 팔아야 아들이 무사할 것입니다."

윤순은 그 길로 스님을 찾아가서 그 탁발승의 말을 전하며 이것이 무슨 말인가 물었다. 그 스님은 영적으로 시샘하는 존재를 속이기 위해 아들을 다른 곳에 의탁하는 것이라 설명해 주고, 자신은 여자가 아니니 안 되고, 정히 걱정이 되면 다른 곳으로 가서 의탁을 하라고 하였다.

결국 윤순은 득량 어딘가에서 부처님을 모시고 있는 여자 스님〔머리를 깎지 않아 보살이라고 해야 할지 무당이라고 해야 할지 잘 모르겠다. 이런 이유로 아래에서도 비구니 대신 '(여자) 스님'이라는 표현을 쓴다〕을 물어물어 찾아갔고 그 스님에게 아들을 의탁하였다. 그리고 매년 초파일마다 그 스님에게 가서 불공을 드렸다.

기표가 다섯 살이나 되었을까 하는 나이에는 딱 한 번, 윤순은 초파일에 아이를 직접 데리고 가서 부처님 앞에서 불공을 드리는 그 여자 스님을 향하여 기표에게 "이분이 네 어머니다. 인사드리거라"고 하였고, 그 스님은 기표를 보더니 "네가 기표구나, 내가 네 엄마다"라고 하였다.

기표의 어리둥절해하는 모습이 짠했지만, 기표의 목숨을 위태롭지 않게 하기 위해서는 어쩔 수 없는 일이었다. 그리고 기표의 생일

때마다 새벽 일찍 일어나, 그 여자 스님에게서 받은 염불이 하나 가득 적힌 공책을 스무 번씩 반복하여 읽었다.

윤순은 어느 해부터인가 그 여자 스님을 찾아가는 일은 하지 않게 되었다. 한참 후 기표가 결혼할 즈음에 윤순에게 사고가 있었고, 그 일을 계기로 교회를 다니는 딸들의 간곡한 권유로 윤순은 교회에 다니기 시작하였다. 그리고 이후 권사 직분까지 맡게 되었다.

윤순은 자신이 교회에 다니게 되면서, 이제 기표가 교회에 다니지 않는 것이 제일 마음에 걸렸다. 신을 믿으면 한쪽만 믿어야 하는데, 내가 교회를 다니고 기표가 안 다니면 예수님이 기표를 벌하는 것 아닌가 하는 걱정이 늘 윤순을 괴롭혔다.

그래서 윤순은 기표에게 계속하여 그런 걱정을 말하면서 교회에 다니라고 채근하였고, 그녀의 가장 중요한 기도 제목이 되었다.

기독교든 샤머니즘이든 윤순에게 종교란 오로지 기표의 안위를 위한 것 그 자체였다.

기표는 결국 윤순의 채근에 못 이겨 교회를 다니게 되었는데, 그 기도 덕분인지 결국에는 기표도 며느리도 교회에서 세례도 받고 집사도 되었다.

원래 불교 집안이었던 며느리가 기표의 부탁으로 기표보다 더 나중에 교회를 다니게 되었지만, 아주 독실한 신자가 되어 기표를 위해 늘 기도하고 있는 것이 너무나 고마운 하나님의 은혜라고, 복이라고, 그렇게 윤순은 안도하였다.

기표는 공부를 곧잘 하였다. 그런데 남편은 가진 논과 밭도 별것이 없었고, 그 외 재산이라 할 것도 원체 아무것도 없었다. 그래서 남편은 농사일 외에도 장에 나가 돼지 거간꾼을 하였고 윤순도 삼베를 짰지만, 가족의 생계나 교육은 늘 충분치 않았다.

삼베를 짠다는 것은 삼을 쪄 와서 베로 완성되기까지 온 가족이 매달려야 하는 고된 일이었음에도 그 재료비를 빼면 남는 것이 별로 없는, 노동의 대가로 치면 착취도 그런 착취가 없는 일이었다. 하지만 윤순은 하루 농사일이 끝나면 밤늦도록 잠을 쫓아가며 삼베를 짰다.

처음에는 마을을 찾는 중간 상인에게 물건을 넘기다가 도저히 남는다고 할 것이 없자, 윤순은 자신이 짠 베를 손수 머리에 이고 웃녘(윗녘, 살던 곳의 위라는 뜻으로 쓴 말이었는데, 나중에 보니 전북 정읍을 다녀온 것으로 확인되었다)으로 가서 열흘이고 보름이고 간에 그 삼베를 팔면서 돌아다니다가 왔다. 때로는 삼베를 모두 비우고 오기도 하였고, 때로는 도저히 다 못 팔아 몇 개를 도로 이고 오기도 하였다.

그 외에도 윤순은 자신의 농사일이 겹치지 않는 짬을 내어서는 일당을 받고 들에 가서 일을 하거나, 추운 농한기에는 완도에 있는 미역 공장에 가서 미역 따는 고된 노동을 하러 한 달 내지 두 달씩 다녀오기도 하였다.

그렇게 고생을 해서라도 어떻게 하다 보면 기표를 겨우 가르쳐 볼 수는 있겠지만, 그런 모양으로 가르치면서 계속 그곳에 살게 하여서는 기표가 결국 농사꾼밖에 되지 않을 것으로 보였다.

농사꾼에 돼지 거간꾼으로 살았던 남편은 막상 그 일에는 소질이 없는 사람이었다. 남편은 다른 일이 더 어울리고 잘했을 사람이었지만, 배움이 짧아 그런 기회를 결국 잡지 못하였다. 그래서 남편은 제대로 배우지 못한 울분을 평생 간직하고 살았다. 그것을 딱하게 여기는 것은 이제 남편 하나로 충분하였다. 아들은 그렇게 만들고 싶지 않았다.

그래서 윤순은 결국 부천에서 직장을 다니고 있는 큰딸에게 기별하였다. 윤순은 큰딸에게 "애가 공부는 곧잘 하는 것 같으니 네가 좀 거두면 어떻겠냐?"고 하였고, "이 애가 여기 계속 살면 틀림없이 제 아버지 인생 그대로 살고 말 것"이라고 하였다.

큰딸은 처음에는 거절하였다. 아이를 데려오면 학비며 모든 것을 책임지는 짐을 짊어져야만 했기 때문이었다. 그

⤢ 이 사진은 내가 아홉 살, 여동생 민정이가 여섯 살 때일 것이다. 사진의 보관 상태가 좋지 않아 어머니의 얼굴이 선명하지 않으나. 나에게는 아주 잘 보인다.

러나 얼마 후 큰딸이 당시 사귀던 사람과 헤어지려고 마음을 먹었던 일이 생겼다. 그때 큰딸은 결혼이라는 것을 아예 포기하고 그저 기표나 키우며 살아볼까 하는 생각을 하게 되었다.

그런 곡절 끝에 큰딸은 엄마에게 기표를 올려 보내라고 하였던 것인데, 큰딸은 결국 당시 사귀다 헤어졌던 그 사람과 나중에 결혼하여 지금도 잘살고 있으니, 따지고 보면 그렇게 큰딸네 둘이 잠시 헤어졌던 그 잠깐의 틈에 기표는 부천으로 올라올 수 있었던 것이다.

서울로 가는 기차 안에서 기표는 내내 울었다. 그런 기표를 쓰다듬으며 차창 밖을 바라보는 윤순의 마음은 더 찢어지는 듯하였다.

그날로 윤순은 그렇게 자신이 낳은 열두 살 아들을 품에서 떼어 보내었다.

\* \* \*

그렇게 세월이 흐르고 흘러갔다.

윤순은 잠을 쫓아가며 삼베를 짜서 모은 돈을 가끔 딸들에게 보냈다. 그 방편으로나마 아들을 맡아 키우는 딸들에 대한 미안함을 대신하였다.

기표가 고시를 준비하는 동안에는 그동안의 유일한 호구지책이었던 과외 아르바이트를 전혀 할 수 없게 되었다. 그러자 윤순은 더욱더 많은 삼베를 짜 내었다.

기표가 사법시험에 합격하였다. 주위에서는 윤순에게, 이제 기표하고 결혼하겠다는 사람이 줄을 설 것이며, 내맹떡에게 저마다 찾아와서 기표와 함께 만나달라고 간청할 것이라면서 "을매나 좋으까잉"이라고 윤순을 부러워하였다. 윤순은 너무나 자랑스러웠고, 그렇게 보자고 하는 사람이 있으면 기표를 옆에 두고 자랑스럽게 같이 볼 용의가 얼마든지 있었다.

이제 열두 살 때 품에서 떠나보낸 내 아이를 내 품에서 다시 품을 수 있겠다고 생각하였다. 이번 설날에 기표가 오면 그런 주위 사람들의 말을 전하면서 앞으로 결혼문제는 나하고 의논하자고 할 참이었다.

그렇게 기표가 사법시험에 합격하고 처음 맞은 명절이었던 설날이 왔다.

그런데 설날 그 바로 다음 날이었다. 기표가 갑자기 "어머니, 제가 좋아하는 사람이 있습니다. 어머니도 좋다고 하시면 결혼까지 생각하고 있어요. 이번에 인사드리러 여수 공항에 곧 도착합니다. 제가 가서 데리고 오겠습니다"라고 하였다. 윤순에게는 청천벽력 같은 말이었다.

기표는 그렇게 말하고, 집에 있는 제 아버지가 평소 농사짓느라 몰고 다니는 1톤 트럭을 몰고 여수 공항으로 사람을 데리러 갔다.

윤순은 떨리는 마음을 진정시키는 데 한참이 필요하였다. 기표는 곱게 차려입은 예쁘게 생긴 여인을 방으로 데리고 들어왔다.

귀가 잘 들리지 않던 윤순의 시어머니는 절을 하는 여인을 '저것이 누구인고?' 하는 표정으로 보고 있다가 기표가 손짓으로 제 짝

이라는 시늉을 하자, 순간 너무나 활짝 웃는 표정으로 변하면서 "오
~"하며 그 여인에게 앉은걸음으로 다가와 두 손을 꼭 맞잡고 이리
보고 저리 보고 하였다.

그렇게 기표가 데려온 여인이 방에 들어와 앉고 한참이 지나서
야 윤순이 방으로 들어와 앉았다. 얼굴은 굳어 있었고, 목소리는 떨
렸다.

"잘 듣거라. 내가 이 아이를 낳을 때는 산천초목이 떨었다. 그렇
게 나는 이 아이를 낳았다. 그런데 나는 이 아이를 제대로 품어 보
지도 못하고 일찍 떼어 보냈다. 나한테는 그런 아이다."

⌃ 사법시험 합격하고 연수원 입학하기 전 아내와 만나면서 찍은 사진이다. 이로부터 한 달 후에 어머니에게
아내를 인사시켰다.

윤순은 이렇게 말하고는 한숨을 깊게 쉬었다. 그리고 이렇게 덧붙였다.

"이제 앞으로는 네가 잘해 주거라."

\* \* \*

딱딱한 법률 문서가 아닌 말하자면 '글'이라고 할 만한 것을 SNS 공간에 처음 쓰기 시작하면서, 언제부턴가 나는 '과연 내 어머니를 글로 쓸 수 있을까'라는 생각을 자주 하게 되었다.

그때마다 나는 '없다'고 단언하였다. 내 어머니의 일생을 나의 얕은 글재주로 혹은 그 누구의 깊은 글재주라도, 글로써 형용한다는 것은 그저 그 아픔과 희생을 깎아내릴 작업일 뿐이라고 생각하였다.

누구에게나 어머니는 애틋하고 그리운 존재일 것이다. 나에게 내 어머니는, 이런 애틋함을 넘어 망망대해의 등대 같은 존재였다. 나의 어렸을 적 삶은 '어떻게 해서든지 내가 잘되어서 어머니를 행복하게 해 드리겠다'는 생각으로 점철되어 있었다. 그만큼 어머니가 불쌍했고, 어머니가 살아온 세월이 가여웠다.

내가 어렸을 때 어머니가 다른 사람과 행수 형 얘기를 하는 것을 몇 번 들은 적이 있었다. 물론 그때도 어머니는 결국 눈물 바람을 내었다. 나는 어머니가 안 되었다고 생각하면서도 뭔가 싫었다. 일찍 돌아갔고 얼굴조차 모르는, 나보다도 어렸던 그 형에 대해 묘한

질투심조차 느꼈다.

어렸을 때 나는 그저, 어머니가 호된 시집살이를 하고 일생을 쉴 틈 없이 일하면서도 가난한 삶을 살아가 가여운 사람이라고만 생각하였다. 그런데 나이가 들어가고 어머니의 인생을 더 잘 이해하게 되면서, 나는 어머니 인생의 또 다른 단면을 바라보게 되었다.

어머니가 어떤 운명을 타고났던 것인지는 모르지만, 어머니는 자신이 그렇게도 바랐고 직접 낳은 아들은 일찍 죽거나 일찍 그 품에서 떼어 보냈다. 나는 그것이 한 '여인'으로서 너무 모순적인 일이라 생각하였고, 깊은 연민을 느꼈다. "남아(男兒)가 없다"는 그 탁발승의 말이 진짜 맞는 것인가 하는 생각도 가끔 하였다.

≫ 영천에서 군 법무관으로서 장교 훈련을 마치고 중위 임관식을 할 때 부모님과 함께 찍은 사진이다.

위와 같이 내 아내를 처음 본 날 어머니가 하였던 말, 이제 진짜 아들을 품는 것은 더 이상 기대할 수 없다고 생각하고 며느리 될 사람에게 하였던 그 말을, 그 현장에서 함께 듣고 있었던 나는 내색하지는 않았지만 너무나 가슴 짠한 말이라고 생각하였다. 얼마나 많은 포기와 한숨이 서려 있는 말이겠는가 하였다.

이러한 내 어머니 '윤순'의 삶, 그리고 그를 지켜보아 왔던 애틋한 감정과 연민… 나는 이러한 것들을 평생 마음속에 품고 살았고, 이들은 결국 내 삶의 방향타가 되었다. 그러므로 지금의 나는 전적으로 나의 어머니로 인해 있는 것이다. 나태해지거나 좌절할 때 나는 항상 나의 어머니를 생각하였고, 그 덕분에 크게 엇나가지 않았다. 그 어머니의 신산한 삶을 위로하고 다독일 수 있는 사람은 오직 '나'일 뿐이라고 생각했기 때문에 나는 흐트러질 수 없었다.

아주 작은 단면이나마 나의 어머니를 얕은 글재주로 '감히' 남겨 본다.

# 질쌈

'질쌈'이라고들 하였다. 나중에 보니 그게 '길쌈', 그 고된 일을 하는 사람들의 언어였다.

삼베의 그 삼이 어느 땐가 대마라고 불리는 식물인 것을 알았다. 그 줄기 껍질을 얻을 목적으로 재배한다는 그러한 특별한 허가를 받지 않으면 불법이라고 하는데, 나는 검사 시절 옆방 마약 담당 검사가 3개월 정도 자리를 비웠을 때 잠깐 마약 수사를 담당해 본 적이 있을 뿐이고, 그때 대마초를 피운 사람을 적발한 적도 대마를 재배한 사람을 단속해 본 적도 없어 여전히 자세히는 잘 모른다. 하지만 여하튼 지금 보니 대마 재배는 허가를 받아야 한다고 한다.

서론도 길었고, 다음에 서술하는 것도 순전히 어린 기억에 의존하는 것이니 빠뜨리거나 하는 것이 있을 수도 있다. 하지만 나름 선명한 기억이다. 한번 보자. 다만 정확한 표현이라는 것이 가능할지는 모르겠다. 용어도 표준어가 없는 것도 많이 있을 것이고, 그래도 자세히 보면 어떻게 '천' 혹은 '베'라는 것이 만들어지는지 정도는 알 수 있다.

\* \* \*

삼을 쪄 온다. 낫으로 줄기를 베어 오는 것을 쪄 온다고 하였다. 그 베어온 줄기에 붙은 껍질을 최대한 길게 벗긴다. 그것이 나중에 실이 될 것이기 때문에 최대한 길게 벗기는 것이 좋다.

껍질을 벗기면 그것을 쨴다. 쨴다는 것은 넓은 것을 가늘게 나눈다는 것인데, 손톱으로 껍질에 틈을 내고 그 틈으로 손가락을 집어넣어 길게 내리 나눈다는 뜻이다. 그렇게 삼을 쨰면 여러 개의 긴 실이 된다.

그럼 그 실을 이어야 한다. 그 실을 잇는 방법은 실의 끝부분을 다시 5~10센티미터 정도로 두 갈래로 잠깐 나눈 후, 붙일 실을 그 두 갈래 중 하나에 꼬고, 남아 있는 실을 방금 꼰 실에 다시 겹쳐 꼰다. 그러면 이중으로 꼬이게 되어 실을 잡아당겨도 쉽게 빠지지 않는다.

그런데 그렇게 꼬는 일에는 묵은 비애가 어려 있다. 그 꼰다는 것은, 아낙네가 치마를 걷어 올려 무릎 바로 위 허벅지 살 위에 실을 올려놓고 비비는 것인데, 그러므로 아낙네가 실을 올려놓고 비비는 그 허벅지 부위는 늘 붉게 생채기가 나 있고, 결국은 살이 트고 건

드리기만 해도 아픈 상태가 된다. 그러면 그 아낙네는 아프지 않은 곳을 찾아 비비다가 그마저도 없어지면 반대편 무릎을 걷어 올린다. 그렇게 그 동네 길쌈하는 아낙네 중 하나가 나의 어머니였다.

* * *

그렇게 이어진 실을 한 켠에 곱게 사린다(시골에서는 '새린다'라고 발음하였다). 사린다는 것은 이어진 실을 그릇에(보통 가루음식을 거르는 '채'에) 엉키지 않도록 똬리 틀 듯 둥글게 순서대로 쌓아간다는 것이다. 순서대로 잘 쌓지 않으면 나중에 다시 그 실을 걷어 올릴 때 엉켜 버린다.

그럼 이제 자아야 한다. 실을 잣는다는 것은 그렇게 사려진 실을 물레로 감는다는 것인데, 물레에 있는 철사 부분에 실을 감게 된다.

그 철사는 시누대(남도 지방에서 자라는 대나무의 일종) 잎으로 감싸지고, 그 위로 실이 감기게 된다. 실이 어느 정도 감아지면 그 철사에서 그 감아진 실(실타래)을 빼내는데 시누대 잎으로 감싸 있으므로 쉽게 빠진다. 결국 철사 구멍 공간만 있는 시누대 잎 위로 예쁘게 실타래가 만들어진다.

그냥 손으로 하는 것보다 물레로 감으면 엄청난 효율이 발생한다. 물레를 돌리는 손이 매우 큰 원을 그리게 되고, 그 원에 이어진 실타래가 돌아가는 철사는 물레를 한 바퀴 돌릴 때마다 수많은 바퀴를 돌게 된다. 결국, 물레를 돌리는 손이 큰 톱니바퀴, 실타래가 돌아가는 철사가 작은 톱니바퀴처럼 톱니바퀴와 흡사한 원리가 작동되기 때문에 그러한 효율이 발생한다.

그럼 그 실타래를 다시 실것으로 돌린다. 실것이라 함은 십자가 모양으로 만든 나무 틀을 의미하는데 표준말이 무엇인지는 잘 모르겠다. 이 실것의 각 나무의 끝에는 작은 막대기가 꽂혀 있는데, 그 작은 막대기를 가상선으로 그으면 정사각형이 될 것이다. 한 변이 아마도 1.5미터 정도는 될 것이었다. 그 사각형 모양을 이루는 작은 막대기 위로 위와 같이 실을 자아 만든 실타래를 풀어서 감는다. 그와 같이 감는 이유는 양잿물에 탈색하기 쉽게 하기 위해서이다.

\* \* \*

그와 같이 실것이라는 틀에 실을 다 감은 후 한꺼번에 빼내어 양잿물로 탈색을 하여야 하고, 탈색한 후에는 이를 다시 풀어 사려야 한다. 그런데 이와 같이 탈색하는 과정에서 많은 실들이 끊어지는 상황이 반드시 발생하는데, 그와 같이 끊어진 실들은 다시 이어주어야 한다. 그런데 아무 실이나 잡고 이어 버리면 실이 결국 엉키게 된다.

나는 어렸을 적에도 이러한 실이 엉키지 않게 만든 아주 간단한 장치를 정말 기가 막힌다고 생각했다.

이 엉키는 것을 방지하기 위해서 처음 실것에 실을 감을 때 그 십자가 틀이 만드는 정사각형 중 한 면에 얇은 대나무 같은 막대기를 하나 집어넣어 한 바퀴 돌릴 때는 그 막대기 위로, 그다음 바퀴 돌릴 때는 막대기 밑으로 하여 실이 차곡차곡 감기도록 한다. 그렇게 교차하여 감기도록 하여야 나중에 끊어진 실을 만날 경우, 그렇게 교차된 실의 맨 앞부분을 잡아 실을 빼보면 끊긴 지점을 찾아낼 수 있다. 그렇게 하여 이어주어야 실이 엉키지 않게 된다.

그렇게 막대기를 집어넣은 실것에 실을 감게 되는데, 돌리는 것은 신나게 돌려도 사각형의 한 면에 있는 막대기를 지나칠 때는 위아래로 빠짐없이 교차해서 돌려야 한다. 그런데 이렇게 사려져 있는 실을 실것에 감을 때는, 사려져 있는 실이, 밑의 실과 붙어 올라오는 경우가 있어 마냥 빠르게 돌려 버리면 밑에 사려져 있는 실이 또 엉기게 된다. 그러므로 빨리 일을 끝내고 싶은 욕심을 부리면 부릴수록 더욱 더뎌지는 모순이 있다.

그렇게 실것에 실을 모두 감은 후에 감겨진 실을 빼내면 큰 실타래가 된다(위 실것 정사각형의 한 면이 1.5미터 정도로만 쳐도 전체 6미터의 실타래가 만들어지는 것이다). 이제 이 실타래를 양잿물에 담가 물을 뺀다. 파란 삼 줄기 색깔은 양잿물에 들어갔다가 햇볕에 말리면 그 정도에 따라 누리끼리하거나 하얀 삼베 올(실)이 된다.

어머니는 그 독한 양잿물을 대야에 타서 마스크 같은 장비도 없이, 막대기 같은 것으로 휘휘 저어 탈색하곤 했다.

＊＊＊

이와 같이 탈색을 한 후 마르게 되면, 그 실타래를 아까 말했던 십자가 모양의 실것에 다시 건다. 그러고 나서 이제는 다시 반대로 풀어낸다. 그것도 사린다고 표현한다. 그 사리는 것이 공정 중 가장 고통스러운 장면 중 하나다. 적어도 나한테는 그랬다.

속도도 안 나고 계속 돌려가며 통 속에 얌전히 엉키지 않게 풀어놓아야 한다. 만약에 끊어지면 어머니야 허벅지에 비벼서 능숙하게 실을 이었지만, 우리는 설게 그렇게 해 보다가 결국 어머니한테 그냥 묶으라는 말을 듣고 쉬운 길을 택했다. 다만, 그렇게 묶으면 그 묶은 둥걸 때문에 나중에 삼베가 고르지 않게 되므로 되도록 끊어지지 않도록 얌전히 풀어야 한다.

염색 과정에서 이미 끊어진 실은 어쩔 수가 없어도 안 끊어진 실은 되도록 끊지 않고 풀어내야 일 잘하는 것이었다. 그런데 성질 급한 아이들은 자주 끊어 먹고는 어머니한테 끊어진 실을 찾아달라고 하다가 이내 자신도 실을 찾는데 전문가 수준이 된다. 아까 막대기를 놓고 위아래로 번갈아 가며 돌린 덕분이다.

이제 그렇게 염색까지 된 실이 만들어졌으므로 이제 실을 날아야 한다. 실을 난다는 것은 날줄을 만든다는 것인데, 넓은 마당에 막대기 몇 개 꽂아두고(이건 어머니만의 노하우라 설명이 어렵다) 마당 이쪽 끝과 저쪽 끝을 왔다갔다하며 실을 길게 만든다는 것이다. 그렇게 반나절이나 실을 날면 이제 여러 개(그 실의 개수가 삼베의 넓이를 결정한다)의 실로 이루어진 긴 날줄이 생긴다.

그럼 이제 그 긴 날줄 하나하나를 보디(직사각형 모양으로 생겨서 수
많은 틈이 있는 것으로서, 날실 하나하나를 그 틈으로 일일이 집어넣게 되는데,
나중에 베를 짤 때 날줄 사이를 씨줄이 지나간 직후, 그 씨줄을 최대한 앞으로
밀어 당겨 베를 짜게 되는 도구이다)의 각 틈에 하나씩 넣고 통과되도록
한다. 그 실은 이미 다른 도구에 의해, 하나는 위로 하나는 아래로
교차되어 통과된 것이다.

그와 같이 실은 보디에 통과되어 넓게 펼쳐지는데 그 펼쳐진 실
을 큰 뭉치로 감는다. 이와 같이 날아진 실을 보디에 통과시키면서
길게 펼쳐서 감는 이 작업이 또한 고된데, 날줄을 만드는 것보다 몇
배는 긴 시간이 필요하다. 그래도 나름 최대한 길게 만들어야 이러
한 고된 공정의 반복이 덜하다. 이렇게 감긴 것을 보틀이라고 했는
데, 도대체 그 표준말은 무엇인지, 무슨 뜻을 담아 보틀이라고 했는
지는 모르겠다. 하여간 그 보틀과 말한 보디, 날줄을 위아래로 교차
하도록 발로 조정할 수 있도록 베틀에 고정하면 이제 베를 짤 준비
가 되었다.

＊ ＊ ＊

아니 아직 하나 더 남았다. 꾸리를 감아야 한다. 꾸리라는 것은
씨줄이 될 올을 감는 것인데, 날줄 사이를 왔다갔다하는 북에 넣을
것이다. 원래 꾸리는 손으로 감았는데, 어릴 적에 동네 누군가가 원

통형으로 간이 기구를 만들어서 그 감는 훨씬 속도가 빨라졌다. 아까와 같은 삼 껍질에서 양잿물까지 염색한 실의 일부는 이 꾸리를 감는 용도로 남겨졌다.

그래서 이 꾸리를 감은 후 베틀에 있는 북에 넣으면 그 북이 왔다갔다하면서 삼베를 짜게 된다. 간혹 TV에 삼베 짜는 장면이 나오는 것을 보면 모두가 이 북을 사람 손으로 이쪽저쪽으로 보내면서 짜는데, 내가 살던 곳에서는 그 똑똑한 누군가가(나는 그 발명한 사람을 정말 천재라고 생각했는데, 나중에 아무리 봐도 내가 살던 곳에만 있었던 것 같다) 그것을 반자동식으로 만들어서 위에 손잡이를 손으로 탁 내리잡아당기면 북이 그 힘으로 반대쪽으로 가고, 그 반대쪽으로 간 것과 동시에 도르래로 연결된 그 손잡이가 다시 위로 올라가고 그 손잡이를 다시 내리치면 북이 다시 반대편으로 가도록 하는 장치를 고안해 냈다.

그렇게 씨줄의 올(실)이 지나감과 동시에 날줄을 교차해 주고 씨줄을 최대한 몸 쪽으로 당겨주면 베가 짜진다. 이와 같이 날줄을 교차해 주는 것은 발의 몫이다. 왼발과 오른발을 번갈아 밟으면 날줄이 교차하게 된다.

그렇게 밤낮으로 베를 짜면 어머니는 대나무로 만들어진 자를 이용하여 일정 크기로 잘라낸다. 그 잘라낸 삼베는 접어서 일단 한두 시간을 밟아 줘야 한다. 풀 먹인 씨줄이 베에 골고루 베어 들게 하고 삼베를 부드럽게 해야 하기 때문이다.

그렇게 밟은 베는 다시 홍두깨라고 불리는 통나무에 감겨야 한다. 그렇게 홍두깨에 감은 베 위에 올라가 다시 발로 자근자근 밟아 줘야 한다. 방 안에서 벽이나 빨랫줄을 잡고 앞으로 뒤로 계속하여 밟아 댄다. 시간은 특별할 것이 없다. 어머니가 그만 밟으라 할 때까지이다.

그렇게 되면 베가 골고루 밟아져서 윤기가 흐르고 부드러워진다. 그렇게 밟은 베는 바로 허탈하게 풀어버리는 것이 아니라 끝을 밟고 서서 길게 최대한 늘여 빼가면서 차츰 풀어준다. 길이를 늘이는 목적은 아니었던 것 같고 탄력을 더 주기 위한 것이었나 짐작해 볼 뿐이다.

* * *

이렇게 하여 한 필의 베가 완성된다. 어머니가 대부분의 일을 하고 단순히 실을 사리거나 실것을 돌리거나 꾸리를 감거나 베를 밟거나 하는 등의 일은 비전문가인 아버지와 우리 형제가, 그리고 베 짜는 일에서 은퇴하신 할머니가 시간되면 달라붙어서 각 공정을 책임졌다.

우리는 그것을 통틀어 '질쌈'이라고 하였다. 표준말인 '길쌈'이 구개음화라던가 하는 것이 된 결과였다. 농사도 그렇고 아버지 벌이가 변변하지 못하여 어머니 주도로 짠 그 삼베를 판 돈이 우리 식구들이 살아갈 기초가 되었다.

어머니는 농사지으랴, 밥하랴, 청소하랴, 베짜랴, 쉴 새 없는 분이었다. 우리는 잠을 자면서도 달그락달그락하는 베 짜는 소리를 자장 가처럼 듣고 잤고, 새벽에도 그 소리를 들으면서 깨기도 하였다.

어머니는 베를 한참 짜시다가 끼니때가 되어 밥을 하러 가실라 치면 누나나 나를 불러 베를 좀 짜라고 하셨다. 조금이라도 쉬지 않고 짜야 베가 완성되고 팔 수 있었다. 누나들이 더 잘 짰지만, 나도 베를 제법 잘 짰다.

삼베가 짜여지는 공정을 프롤로그처럼 쓰고 사실 다른 이야기를 풀어내려던 것이 너무 길어졌다. 쓰다 보니 지금은 잘 안 쓰는 단어 들이 많아 놀랐다. 기억이 더 쇠해지기 전에 기록해 놓는 것만으로 도 의미가 있는 것 같다.

하는 말로, 소를 팔아 자식을 가르쳐 '우골탑'이라고 하였다. 그 렇다면 지금의 나는 말하자면 '질쌈탑'이다.

어머니는 베를 짜는 일로 인해 일과 일 사이에도 휴식이 없는 사 람처럼 보였다. 저 고된 일을 어찌 다 하고 사나 하는 생각으로 늘 상 어머니를 바라보곤 하였다. 하지만 기본적으로 에너지 넘치고 활발하고 흥이 있는 분이었다. 더 배우고 다른 곳으로 시집을 갔더 라면 정말 다른 큰일을 하셨을 분이라고 지금도 생각하고 있다. 나 의 어머니이다.

# 2부

_____

노무현, 문재인 그리고…

# 노무현, 문재인 그리고…

두 번째 근무지인 순천지청에서 낮과 밤을 가리지 않고 일하였다. 일에 쫓겨 좋아하는 운동도 자주 하지 못하고 야근에 야식까지 먹고, 정해진 술자리도 참석해 가며 일을 한 탓에 지금까지 내가 찍었던 몸무게의 정점을 순천지청에서 찍었다. 지금도 그때 사진을 보면 음… 살이 찐 내 모습은 별로 권하고 싶지는 않다.

여하튼 그 덕분인지 2009년 2월 정기인사 때 나는 서초동에 있는 대검찰청으로 발령이 났다.

검사라면 누구나 대검찰청에서 일을 해보고 싶어 한다. 그래서 대검찰청 검찰연구관으로 발령이 났다고 하면 많은 사람들이 부러워하고 격하게 축하해 준다. 그런 행운이 나에게는 세 번째 근무지만에 찾아왔으니 당시로서는 너무나 기쁜 일이었다. 나도 축하를 많이 받았다.

그해에 함께 대검찰청 검찰연구관으로 발령받은 사람 중에 세 번째 근무지 만에 들어온 사람은 내가 유일했다. 그래서 어느 모임이나 그렇듯 검찰연구관 모임의 총무는 제일 막내인 나의 몫이 되었다.

총무라는 것은 본연의 업무 외에도, 40명이 넘어갔던 검찰연구관 전체 모임이나 행사 등의 잡무까지 맡아 해야 하는 자리였다. 검찰연구관들은 차장급 연구관(검찰은 부장 위에 차장이 있다), 부장급 연구관, 평검사급 연구관으로 다양하였는데, 그런 층층시하 검찰연구관들, 더구나 의전이나 격식, 체면을 많이 따지는 사람들과 관련한 잡무를 맡는다는 것은 여간 신경이 많이 쓰이는 것이 아니었다.

그러나 그만큼 내가 빨리 대검찰청에서 근무하게 되었다는 것을 의미하는 것이어서, 나는 자부심을 갖고 즐거운 마음으로 하였다.

시쳇말로 출셋길을 달리고 있었다.

나는 대검찰청 근무 첫해에는 여러 부서 중 형사부에서 근무하게 되었는데, 전국 검찰청에서 처리하는 중요 고소 고발 사건 등과 관련한 보고 사항을 정리하여 형사부장(대검찰청의 부장은 일선 검사장과 같은 직급이다)에게까지 보고하고, 그와 관련된 구체적 지시나 형사사건 처리와 관련한 일반 지시 사항 및 제도 정비 등의 실무를 담당하였다.

실무에 대한 보고와 처리 외에도 제도적인 고민까지 하는 자리였는데, 검찰연구관이 그 부서에서는 나 혼자밖에 없어서 업무가 늘 과중하였다. 그래서 대부분의 날을 구내식당에서 저녁을 먹고 다시 일하곤 했다.

그런데 그때마다 거의 매번 같은 모양의 점퍼를 입고 다니며 야근을 하는 일단의 사람들을 만나게 되었다. 그들은 과장(일선 부장검사급 검사로, 대검찰청 부장 밑의 직책)과 그 밑의 검찰연구관들이었는데, 그 점퍼에는 중앙수사부를 뜻하는 'CID'라는 글자가 선명하게 쓰여 있어서 누가 봐도 당시 대검찰청에서 직접 수사를 담당하는 대검 중수부 검사들임을 쉽게 알 수 있었다.

그때 그 중수부에서는 노무현 전 대통령에 대한 수사가 한창 진행 중이었다.

\* \* \*

나도 그 수사 상황에 대해서는 언론을 통해 들을 뿐이었다. 언론에서는 연일 박연차가 어떻고 논두렁 시계가 어떻고 하는 말로 요란하였고, 4월은 잔인한 달이 될 것이라느니 하는 수사 담당자의 발언도 자주 인용되곤 하였다.

남이 하는 수사에 깊이 관심을 가질 만큼 한가한 것은 아니었지만, 박연차라는 사람에 대해 국세청 세무조사부터 시작해서 자료를 축적한 후 그것을 대검 중수부에서 넘겨받고 수사를 해 들어가는 모양새는 분명, 누군가를 타깃으로 하여 치닫는 수사, 그리고 그것은 결코 브레이크가 없을 것이라는 점만은 확실해 보였다.

노무현 전 대통령이 봉하 마을에 자리 잡은 후 연일 관광객들이 찾아오고 오히려 퇴임 후에 인기가 높아져 가는 상황이었다. 당시 권력의 지지율이 떨어지는 만큼이나 노무현 전 대통령의 인기가 올라가는 것처럼도 느껴졌고 그 반대의 해석도 가능했다.

그런 상황에서 그분이 민감한 정치적 사안에 대해서 메시지를 내는 것을 보면서, 나는 중국 천안문 사태 이후에 있었던 등소평의 남순강화(南巡講話)를 떠올리곤 했다. 나는 우리나라의 전임 대통령도 나라의 중요한 현안에 대해 그렇게 목소리를 낼 수 있고 심지어 당연히 내야 하는 것이라 여겼다.

물론 당시 권력에는 매우 불편한 것이었을 테다. 게다가 당시 권력의 인기도 바닥을 치고 있었으니….

그러나 당시 권력이 그에 대해 보인 모습과 결과는 내 예상을 뛰어넘는 것이었다. 정말 그렇게까지 될 줄은 몰랐다.

결국 우려하던 대로 노무현 전 대통령이 피의자 신분으로 소환되었다. 봉하 마을 사저에서 양복을 갖춰 입고 옅은 미소를 띤 채 계단을 내려오는 모습부터 서울에 이르는 길은, 헬기까지 동원되어 전국에 실시간으로 생중계가 되었다.

깊고 깊은 산골에 사는 형용할 수 없는 덩치와 위엄을 가진 호랑이를 마을 밖에서 온 포수들이 마침내 포획했고, 그렇게 그를 끌고 오는 장면을 전설과 같이 그를 신봉해 온 마을 사람들에게 적나라하게 보여 주는 광경으로 비쳤다.

언론은 저마다 더 극적으로 장면들을 연출하려고 난리였고, 그 장면을 보는 사람들의 반응도 생생히 전하였다.

세상은 그렇게 그를 욕보이고 있었다.

* * *

하루 종일 일을 하는 둥 마는 둥 하면서 노무현 전 대통령이 버스를 타고 오는 장면을 지켜보았다.

수많은 카메라와 방송 차량이 그 버스를 어지럽게 추격하였다. 끈질겼다.

이번에 나오는 고속도로 휴게소에서 쉴 것이다 말 것이다. 내리면 또 어떻게 할 것이다. 어? 이번 휴게소로 진입을 안 하고 계속 간다. 그럼 다음 휴게소는 어찌 될 것인가. 이번 휴게소로는 드디어 진입을 한다. 내려서 뭘 할 것으로 보이는가 등등의 설명과 해설도 곁들여졌다.

뭘 하겠는가 화장실 가겠지. 그렇게 하나마나 한 소리로 하루 종일 끊이지 않고 방송 분량을 만들어내는 아나운서와 패널들의 재주는 요즘 말로 '리스펙'하지 않을 수 없었다.

내가 근무하던 곳은 대검찰청 5층이었다. 하루 종일 그 버스의 한순간도 놓치지 않는데 성공하였던 그 TV 중계방송은, 마침내 그 버스가 서초역 사거리에 진입하였다는 것 또한 실시간으로 알려줬다.

나는 5층 복도 끝으로 달려갔다. 거기서는 멀리 서초역 부근까지도 시야에 들어온다. TV에서 보던 그 버스가 서초역 사거리에서 대검찰청 방면으로 향하고는, 이내 좌회전을 하여 대검찰청으로 들어오는 것이 보였다.

대검찰청 앞과 그 맞은편 서울중앙지검 앞에는 이미 오래전부터 노무현 진 대통령을 지지하는 인파가 몰려 있었다. 그들은 버스가 가까이 오자 경찰의 저지를 쉽게 뚫고 대검찰청으로 진입하는 그 버스를 향해 몰려들었다.

갑자기 시간이 0.5 배속으로 느리게 흐르는 듯하였다. 좌회전하는 버스는 곡선으로 찬찬히 흘렀고, 그 주위로 달려드는 점점의 사람들은 바닥에 풀어놓은 구슬들처럼 매끄러이 퍼져나갔다.

비현실적이고 몽롱한 광경이었다. 그렇게 카세트테이프 늘어지듯 찬찬히 늘어지는 시간 속에서, 위에서 평면도로 내려다보는 버스 지붕은 유난히도 길어 보였다. 그것이 포획된 사냥감의 크기 같아서 묘했다.

그 버스에 노무현 전 대통령과 참여정부의 마지막 비서실장이었던 문재인 전 대통령이 함께 타고 있었다.

＊ ＊ ＊

노무현 전 대통령이 조사를 받고 간 후에는, 그가 점심시간에 뭘 시켜 먹었다는 둥, 어떻게 생긴 방에서 어느 검사한테 조사받았다는 둥, 조사받을 때 누가 어떻게 앉아서 조사하고 변호사는 어디에 앉아 있었다는 둥, 문재인 변호사는 그 옆에 있었다는 둥 없었다는 등 하며 삽화까지 넣어가면서 전하였던 말초적인 기사는 차츰 사라졌다.

대신, 검찰이 구속영장을 청구할 것인지 말 것인지를 전망하는 기사로 도배되었다. 물론 그 기사들 대부분은 검찰에서 얻어낸 듯한 수사 내용을 자세히 그리고 기정사실인 것처럼 전하였고, 그것을 바탕으로 그가 얼마나 부도덕한지에 대해 계속 꽹과리를 쳐대면서 구속영장을 청구하라고 부추기고 있었다.

보통 검찰수사 관행을 보면 보통의 특수부 수사 사건, 특히 이런 대형 사건의 경우 피의자를 소환하는 것은 실질적으로 수사가 다 끝났다는 것을 의미한다. 그러므로 그 피의자에 대해 구속영장을 청구할 것인지, 기소할 것인지에 대한 결정은 이미 되어 있다고 보아도 좋다. 그렇기 때문에 결국 당사자 조사는 일종의 요식행위로 되는 경우가 대부분이다.

원래 피의자 신문이라는 것은, 수사하는 내용에 대해 그의 주장 내지 입장을 들어보고 그 주장 내지 입장이 맞는지 다시 확인해 보기 위한 절차로서 의미를 가진다.

그러나 그 절차라는 것은 법전에나 규정되어 있는 것일 뿐, 아무리 자기가 억울하다고 주장하고 유리한 증거를 들이댄다고 하더라도 검찰의 결론은 바꾸기 어렵다. 어떻게든 구속영장을 받아내려는 검찰에게 오히려 영장실질심사 과정에서 대비할 자료만 주는 셈이 된다.

무엇보다 조사를 실제 담당하는 검사에게 그런 기대를 하는 것은 순진하다. 그조차도 이미 그것을 결정할 권한이 없을 테다. 그도 이미 누군가에 의해 호랑이 등에 올라타게 된 자이므로….

그러므로 당시만 해도 피의자로 조사를 한 후에는 그다음 날이나 늦어도 그다음다음 날은 구속영장을 청구하는 것이 상례였다. 그런데 이 경우는 어찌 된 이유인지, 어떻게 하겠다는 말도 없이 시간만 자꾸 흘러갔다.

그럴수록 언론은 검찰로부터 얻어낸 내용을 더욱 자극적으로 보도하면서, 봉하 마을을 철통같이 지켰(?)다.

＊ ＊ ＊

수사에 참여하지 않은 다른 검찰연구관이나 직원들도 모이기만 하면 그에 대한 전망을 화제로 삼았다. 짐작해 보면, 그에 대해 검토한 보고서만도 여기서 저기로, 저기에서 또 저기로, 그리고 그 저기에서 저기로, 그리고 또 그 저기에서 여기로 그렇게 셀 수도 없이 왔다갔다하였을 것이었다.

어느 날 형사부장이 형사1과장과 형사2과장, 그리고 검찰연구관인 나를 함께 불러 긴급히 회의를 하자고 하였다. 나중에 검찰총장까지 하였던 그분이 "어찌해야 좋겠노?"라고 물었다.

구속영장을 청구해야 하느냐 말아야 하느냐는 것이었다. 아마 검찰총장이 대검찰청 각 부서의 의견을 취합해 보라고 하였거나, 아니면 대검찰청 각 부장이 그에 대해 곧 회의할 예정인데, 형사부장도 거기서 자신의 의견을 개진해야 해서 이를 준비하는 차원이었을 것이다.

서로 눈치를 보며 깊은 침묵이 흘렀다. 형사부장은 한참을 기다린 후 결국 그럴 줄 알았다는 듯이 돌아가면서 의견을 말하라고 하였다. 이런 회의에서는 누구도 먼저 나서서 말하려 하지 않으므로, 보통은 이렇게 석순(席順, 자리 순서, 지위 순서)에 따라, 혹은 그 석순의 반대 순서에 따라 차례로 의견을 말하는 것으로 귀결된다.

형사1과장, 형사2과장에 이어 내 차례가 되었다. 나는 구속영장을 청구하면 절대 안 된다고 하였고 그 이유를 꽤 길게 설명하였다. 그러나 이 수사 자체가 애초부터 정치적인 것이고 부당하다는 말은 굳이 하지 않았다. 하지 않아도 어차피 피차간에 다 알고 있는 일이었다.

오랜 경험으로 볼 때 수사나 재판 전체 과정 중, 피의자로서 소환되어 조사를 마친 후 구속영장이 청구될 것인가 말 것인가 하는 시점이 당사자들에게는 심리적으로 가장 불안정한 때이다. 게다가 연일 언론에서 그 사건에 대해서만 시시콜콜하게 그것도 매우 모욕적으로 보도하면서 한 인간으로서 더 이상 회생 불가능하도록 잔인하게 몰아붙이는 상황이라면 더더욱 그러하다. 대통령을 지낸 사람이라고 예외가 되지는 않았을 것이다.

나는 당시 검찰총장이 참으로 우유부단하다고 개탄하였다. 결국 그 우유부단이 치유할 수 없는 비극적 사건을 불러왔다. 높은 자리에 있다고 하여 다 훌륭한 것은 아니다.

\* \* \*

주말이었다. 잠을 충분히 자고 일어나 아내와 아들과 함께 도산 대로변에 있는 더큰집 설렁탕이라는 곳에 아침을 먹으러 갔다. 주말 아침에 가족과 함께 어디 가서 밥을 사 먹고, 조용한 곳에서 커피 한잔하는 것은 내가 바쁜 생활에서 나름 휴식하는 방편이었다. 그날도 예외는 아니었다.

차를 운전하고 가다가 보통 하였던 대로 그렇게 라디오를 켰다. 귀를 의심하였다. 노무현 전 대통령이 어찌어찌하여 지금 어느 병원으로 후송되어 있다고 하였다.

"뭐?"

그 말을 듣는 순간 나도 모르게 외마디 소리가 나왔다. 머릿속이 뒤죽박죽되었고 몸이 부들부들 떨렸다. "이게 뭔 소리야?", "이게 뭔 말이지?"만 반복하였다. 그 후로는 거의 정신이 아득하였다.

음식점 안에 있던 사람들은 TV가 크게 틀어진 홀에서 저마다 식사를 하고 있었고, 나는 TV 맞은편에 자리 잡고 앉아 계속하여 나오는 뉴스 속보에 집중하고 있었다. 밥을 먹는 도중 문재인 전 비서실장이 TV에 나타났다. 그는 노무현 전 대통령이 서거하였다는 발표를 공식적으로 하였다.

나는 그 발표를 듣자마자 그 자리에서 먹던 밥을 뱉어내었다. 주위 사람들을 의식하여 목을 놓지 않으려고 참으니 '꺼억꺼억'하는 신음 같은 울음이 내뱉어졌다. 잘 삼켜지지 않았다. 아내도 여덟 살

먹은 아들도 나의 그런 모습은 처음 보았다. 아내는 말없이 어깨를 토닥거려 주었고, 아들은 무슨 영문인지 놀라하였다.

TV에서는 곧 노무현 전 대통령 '사망'이라는 자막이 떴고, 나는 또 그것에 분개하였다. 집으로 돌아오는 차 안에서는 그 분을 삭이지 못하고 육두문자까지 썼다. 아무리 정치적으로 반대하더라도 전직 대통령이라는 사람한테 '사망'이라는 단어를 쓰는 것은 취임 때부터 이어졌던 '무시' 기조의 연속으로 느껴졌다.

며칠을 계속하여 비통해하는 나에게 장모님은 "그렇게 안타깝고 힘들면 봉하 마을이든 서울이든 간에 조문이라도 가 보지 그러는가?"라고 하셨다. 나는 괜한 장모님에게 심통을 부렸다. "나는 그깟 조문 안 갑니다. 조문 간다고 죽은 사람이 살아난답니까?" 하였다. 나는 결국 조문도 장례식도 가지 않았다. 조문이라도 가는 사람은 그래도 좀 견딜 만한 사람일 것이라고 생각하였다.

장례식 날에는 저녁을 먹고 뉴스 특집으로 장례식 관련 뉴스를 보았다. 낮에도 TV에서 계속 보았던 장면들이 나왔다. 인파에 묻혀 운구차가 앞으로 도통 진행하지 못하는 장면도 다시 반복해서 보여 주었다. 소파에 앉아 이를 지켜보던 나는 다시 울음이 터져 나왔고, 목을 놓아 울었다.

그래도 목을 놓아 우니 가슴에 있던 불덩이가 밖으로 토해지는 듯 느껴졌다. 그러나 가슴에는 새로운 불덩이가 이내 다시 채워졌더랬다. 울음을 거두고 눈에 들어온 아들의 휘둥그레진 눈동자는 지금도 선명하다.

검사로 임관하고 처음으로 내가 검사라는 사실이 부끄러웠다.

＊ ＊ ＊

그를 싫어하던 사람들은 전혀 다른 반응이었지만, 그때 나처럼
울었던 사람들이 더 많았다. 그 울음에는 저마다의 이유가 있었을
것이다.

나는 지금도 '왜 그때 나는 그의 죽음에 대해, 한 인간의 죽음이
던지는 기본적 슬픔을 넘어 그렇게 과몰입했던 것일까?' 하는 질문
을 스스로에게 하곤 한다.

여전히 잘은 모르겠다. 부당한 사회, 그 부당한 사회의 강고한 기
득권과 관성, 그에 대한 대중의 포기와 무기력, 그 대중을 위하여
강고한 벽을 깨뜨려 보겠다며 달려들다가 그 대중들에게조차 외면
당하고 외롭게 죽어간 자에 대한 지지와 연민, 미안함 정도로 대충
정리하고 있다.

나 역시도 포기하고 무기력하고 외면하였던 그 대중의 한 사람
이었다.

검찰에 발을 들인 후 그래도 인정받을 만큼 열심히 일하였다. 나
름 공정한 사건 처리를 위해 야근도 마다않고 일하였다. 내 주위 대
부분의 검사들도 분명 그러하였다. 그런데 왜 그러한 검찰의 수사
끝에 전직 대통령이 이토록 비극적 결말을 맺게 되었는가. 왜 검찰
은 모두가 매도하는 조직이 되어 버렸는가. 나는 왜 지금 이토록 부

끄러운가.

노무현 전 대통령의 서거 사건은, 아무런 고민 없이 그저 주어진 일에 충실하던 나에게 검찰이라는 조직을 처음부터 다시 생각하게 하는 계기가 되었다. 잘 달리던 말이 어느 순간 방향을 잃었다. 달리기를 멈추고 고민에 휩싸였다.

여러 사건 중 어떤 사건을 수사할 것인지 하지 않을 것인지, 수사한다면 얼마나 많은 검사를 투입할 것인지, 그 투입하는 검사를 수사 좀 한다는 검사로 할 것인지, 아니면 그렇지 못하는 검사로 채울 것인지, 어느 범위까지 수사를 확대할 것인지, 며칠 동안 어느 속도로 수사를 벌일 것인지 등등은 검찰의 결정에 달려 있다.

그러한 검찰수사가 근본적으로 정치적 중립이라는 말과 양립이 가능한 것인가. 어떻게 하면 과연 이룰 수 있을까. 또한 검찰이라는 권력을 민주적 정당성의 통제 밖에 두는 것이 과연 가능한가. 민주적 정당성에 의한 통제와 권력의 검찰수사에의 관여는 어떻게 다른가. 검찰조직이 그 자체의 이익을 위해 움직인다면 과연 그냥 내버려 둘 수 있는가. 내버려 두지 않는다면 통제할 수 있는 것인가. 통제한다면 어떻게 할 것인가.

과거 본분을 지켰던 수많은 군인이 정치군인들 때문에 매도되었듯이, 자신의 본분을 묵묵히 수행하고 있는 대부분의 검사조차 정권의 노예라고 도매금으로 매도되고 있는 것 또한 엄연한 현실이었다. 그들이 검사라는 업무를 국민을 위해 긍지를 갖고 제대로 할 수 있도록 해 주는 것은 불가능한가.

여러 생각이 꼬리에 꼬리를 물고 일어났다. '검찰수사의 정치적 중립성', 흡사 화두 같은 이 명제를 붙들고 나는 계속 숙고하였다. 그런 숙고와 의문을 품은 몇 년의 세월이 지나고 나는 마침내 사표를 제출하였다.

\* \* \*

이러한 고민과 회한 외에도 사표를 낸 데는 다른 이유도 더 있었다. 특수부 수사를 하면서, 결론이 이미 정해져 있는 것을 감내하기 어려웠다. 특별수사부를 줄인 특수부, 그 특수부의 검사라는 것은, 운명처럼 결론이 거의 정해져 있는 수사를 하기 마련이었다. 그 결론이란 간단히 '수사 대상 누구, 결론은 구속' 이런 식이었다.

처음 문제 된 사건을 수사하다가 혐의가 없으면, 그 어떤 특수부 검사도 '혐의가 없다'고 쉽게 얘기할 수 없다. 물론 혐의가 없는 것으로 처리되기를 여러 사람이 바라는 사건의 경우는 예외가 될 수도 있겠다. 하지만 누군가의 지시에 의해 결국 수사가 시작되는 보통의 특수부 수사 사건은 그렇지 않다.

몇 달을 계속 압수수색을 하고, 계좌추적을 하고, 통신사실 조회를 하고, 사람들을 몇십 명이나 불렀고 언론에서는 무슨 대단한 비리라도 있는 것처럼 수사가 진행되었는데, 그 끝에 검사가 "근데, 죄가 없네요!"라고 하기는 현실적으로 어렵다.

그리고 그렇게 되면 이제 그 검사는 무능할 뿐만 아니라 무고한 사람을 괴롭힌 '악'이 될 수밖에 없다. 특히 특정 의도를 가지고 시작하였던 수사라면 더더욱 그렇다. '거악을 척결한다'는 자부심으로 일하는 검사가 스스로 '악'이 되는 것은 존재론적으로 도저히 용납할 수 없게 된다. 그래서 무리하게 별건 수사도 하게 되고, 결국 어떻게든 구속시키고는 "거봐, 나쁜 놈 맞잖아"라고 하면서 자신은 '악'의 지위에서 벗어나려 한다.

그러나 요즘처럼 검찰이 하나의 정치세력이 되어버린 마당에는, 이제 결론에서 '혐의 없음' 항목은 아예 사라졌다고 보아야 할 것 같다.

나는 경력상 앞으로도 이른바 특수부 검사로 계속하여 수사를 할 것이 뻔한데, 그런 패턴의 일을 계속하고 싶지 않았다. 나는 그렇게 쓰이고 싶지 않았다. 내가 안 하더라도 정의감과 사명감으로 똘똘 뭉쳐 그 일을 열심히 해낼 사람은 검찰 내에 얼마든지 있었다.

노무현 전 대통령 서거 이후 수년간 이런 고민들을 하다가 결국 사표를 제출하였다. 그러나 검사라는 직업은 참 끈질긴(!) 것이어서 나의 생각과 태도, 주변 환경을 생각하면 당연히 그만두고 변호사를 하는 것이 올바른 선택임에도, 참 쉽게 결행이 되지 않았다.

그러나 나는 결국 결행을 하였고, 서초동에서 개인 개업을 하기로 하였다. 당시 국내 최대 로펌에서 파격적인 조건을 제시하면서 오라고 하였다. 하지만 거기에 들어가면 다시 층층시하의 조직에 편입될 것 같아 거절하였다. 그런 층층시하의 조직 생활은 그동안의 검사 생활로도 충분하다고 생각하였다. 나는 그렇게 변호사가 되었다.

* * *

나는 그렇게 변호사 생활을 시작하였다. 나는 처음 검사로 임관할 때 바랐던 검찰총장의 꿈을 그렇게 포기하였다.

그 대신 민간인 신분인 변호사가 된 이상 정말 돈을 많이 벌어야겠다고 생각하였다. 변호사라는 직업에 충실하게 돈을 벌기 위해서 어떻게 할 것인가를 생각하다가, 맨 처음 한 것이 술을 끊는 일이었다.

나는 술을 참 좋아하였고 우리 집안 내력을 받아서인지 감당하는 술의 양도 많았다. 그런데 이 술이라는 것이 마실 때는 아무 문제가 없는데, 과음한 다음 날은 숙취가 사람을 못살게 하였다. 일은 일대로 하여야 하는데 숙취가 올라오면 그것처럼 괴로운 것이 없었다.

검사일 때는 그래도 수사관들과 팀을 이루어서 하므로 어쩌다 술을 많이 마시게 된 다음 날이라도 적당히 조절하면서 일을 할 수도 있었다. 그런데 내 개인이 이른바 '상품'이 되어버린 변호사로 개업을 하다 보니 사정이 달라졌다.

술을 마시다 보면 전날 과음을 하는 경우가 분명히 있을 수밖에 없을 것이고, 그런 날의 다음 날 숙취에 시달리며 술 냄새를 풍기는 상황에서 의뢰인을 만나거나 일을 할 수는 없다고 생각하였다. 그래서 정말 좋아하고 즐겨 마시던, 그리고 일생의 동반자라고까지 추앙하던 술을 끊기로 결심하였다. 그리고 끊었다. 집에서 맥주나 와인을 둘이 함께 마시며 이런저런 얘기하는 분위기를 좋아하던 아내는 오히려 처음에는 서운해하였다.

한편, 변호사로서의 삶은 순탄하였다. 나름 유능하다고 소문이 나서 사건도 지속적으로 들어왔고, 항상 바빴다. 그리고 사건도 좋은 결과를 내는 경우가 많았다. 스스로 사건의 맥을 짚는 능력이 있다고 자부하였다. 그렇게 나 자신과 가족을 위해 사는 평탄한 삶이 지속되었다. 돈도 제법 벌었다.

그렇게 변호사로서의 삶에 만족하며 살아가던 중 사춘기 열병을 크게 앓던 아들의 방황이 유일한 근심거리였고 큰 아픔이었다. 그런 아들도 그 방황의 정점을 조금씩 지나 이제 좀 괜찮아졌다 싶어졌던 2021년 1월 말경, 문재인 정부 청와대에서 제의가 들어왔다. 민정수석실 반부패비서관이었다.

\* \* \*

나는 반부패비서관 제의를 바로 수락하고 싶었다.

대검찰청에서 검찰연구관으로 일하면서 가장 좋았던 것은, 일선에서 검사로서 수사할 때에는 전혀 알 수 없었던 검찰 수뇌부의 움직임, 그리고 그 움직임에 따라 영향을 받을 수밖에 없는 일선 검사들의 수사, 그렇게 여러 현상을 조직 전체의 관점에서 바라보는 안목을 가질 수 있다는 것이었다. 한마디로 눈이 확 뜨였다고 해야 할까, 시야가 트였다고 해야 할까 그런 느낌이었다.

그 이후로 나는 어느 '권력'이나 '지위'의 관점보다는 현재의 이 자리와 나, 그것을 규정하는 알 수 없는 규칙들을 더 넓은 시야로 볼 수 있는 곳이 분명히 있을 것이라고 생각하였다. 청와대 비서관은 충분히 그 시야를 제공해 주고 세상 돌아가는 이치에 대한 안목을 키워줄 수 있다고 믿었다.

게다가 당시 문재인 정부에서 진행하는 검찰개혁은 핵심을 놓치고 변죽만 울리고 있다고 생각하였다. 검찰에 대해 그 속살까지 제대로 아는 사람이라면 저런 방식의 개혁 방안은 내놓지 않을 텐데 하는 생각을 많이 하였다. 어설프다고 생각했다. 그런 상황에서 내가 생각하는 방향으로 검찰을 제대로 개혁해 볼 수 있는 절호의 기회라 여겼다.

아내는 크게 반대하였다. 우선 일이 바빠져서 가정과 자식들에게 소홀해지는 것을 가장 걱정하였다. 수입이 줄어드는 것도 큰 문제였다. 또한 뚜렷이 반대하는 세력이 있을 수밖에 없는 정치마당 한복판에 들어가는 것을 불안해하였다.

며칠 언쟁도 하고 냉전도 하다가 결국 아내가 허락해 주었다. "나는 저 높은 곳에서 도대체 세상이 어떻게 돌아가는지 보고 싶다"는 말로 아내를 설득하였다고 생각하였는데, 시간이 지난 지금 보면 아내가 그 말에 설득당하였던 것 같지는 않다. 내 고집을 꺾을 수 없다고 생각하였을 것이다.

공직기강비서관실에서 하는 검증도 통과하고 한참을 기다리는데도 청와대에서는 도통 연락이 없었다. 나에게 제의를 할 당시의 민정수석이 우여곡절 끝에 단기간에 교체되는 일이 있었고 새로운 민정수석이 부임하였는데 그 영향도 있었다. 그리고 그 민정수석님을 비롯한 여러 분들과의 만남 형식의 면접까지 본 후, 나는 4월 1일부터 청와대로 출근하게 되었다. 수락하고 두 달이 지난 후였다.

당시 막내딸이 초등학교 6학년이었다. 아빠가 청와대에서 일하게 되었고 그래서 이제 새벽에 나가서 밤늦게 들어올 것이며 주말에도 일하러 가게 될 것 같다고 말했다. 그 녀석은 그 말을 듣자마자 거실에 드러누워 버렸다. 아빠가 이제 자기랑 놀아줄 시간이 없어지게 되었다고 글자 그대로 '대성통곡'을 하였다.

그 결정에 유일하게 마음이 아팠던 지점이었다. 아내는 그 점을 가장 어이없어하였다. 그렇지 않아도 아내로부터 세상에서 둘째가라면 서러워할 '딸 바보'라는 놀림을 받던 터였다.

✳ ✳ ✳

청와대의 하루는 정말 일찍 시작되었다. 그래도 정부 후기라서 나는 7시 30분 정도까지만 출근하면 되었으나, 아무래도 당시 거주하던 곳에서 강북까지 대중교통을 타고 출근하려면 새벽부터 집을 나서는 것이 시간을 아끼는 길이었다.

그래서 항상 아침 6시 10분쯤 청와대에 도착하도록 서둘렀다. 하지만 책임자인 내가 사무실에서 일찍부터 자리를 지키고 있으면 밑에 있는 행정관들의 출근 시간이 더 빨라질 것이 자명하였다. 그래서 나는 일찍 도착하는 대신 사무실에 바로 가지 않고, 청와대와 경복궁 주변을 운동 겸 산책한 후 7시 정도가 되어서 사무실로 들어갔다.

감사원 바로 옆에 있는 삼청공원은 당시 내가 가장 자주 가던 산책 코스였다. 서울 한복판에 그런 좋은 공원이 있다는 것이 '은혜스럽다'고 느꼈을 정도로 참 좋은 곳이다. 결국 고정 산책 루트가 되었다. 청와대 외곽을 경비하던 경호원들은 늘 같은 시간에 삼청공원으로 오가는 나를 알아보는 눈치였다.

새벽부터 일하는 것은 크게 문제가 되지 않았다. 어차피 청와대에 출근하기 전에는 새벽 6시부터 테니스클럽에서 동호인들과 날마다 테니스를 치고 있었기 때문에, 일어나는 시간은 10분 정도만 일찍 당기면 충분하였다.

청와대의 다른 비서관실도 모두 마찬가지였지만, 반부패비서관실에서 근무하였던 행정관들 역시 크게 이른바 '어공'과 '늘공'으로 구성되어 있는데, 어공은 '어쩌다 공무원'이라는 말의 줄임말로 정치권에서 온 사람들을 일컬었고, 늘공은 '늘 공무원'이라는 말의 줄임말로 행정각부에서 파견받은 사람들을 일컬었다.

그중 각 부처에서 파견되어 온 이른바 '늘공'들의 경우에는, 행정 각 부처에서 가장 유능한 사람들을 뽑아 보내기 때문에 대부분 행정고시 등 고시 출신이고, 정말로 그 업무능력들이 탁월하였다. 맨 처음 업무보고를 받으며 살펴본 보고서를 볼 때부터 그들의 능력이나 내공을 바로 느낄 수 있었다. 일하는 내내 이런 우수한 자원들과 일한다는 것이 정말 행복하고 복받은 것이라고 생각하였다.

그렇게 행정 각 부에서 가장 정예 요원으로 파견된 행정관들이 훗날 연배가 더 되면 결국 비서관도 되거나 장·차관까지 되는 경우가 많은 것을 생각하면, 당연히 그럴 만도 한 것이다.

다시 조직생활이 시작되었고, 그런 예하 행정관들을 통할하기 위해서는 회식 자리에서 술도 한잔씩 하는 것이 좋겠다고 생각하였다. 그래서 7년 동안 끊었던 술도 다시 입에 댔다. 항상 무엇인가를 결정할 때 되묻는 '무엇이 최선의 노력을 다하는 것인가'에 대한 답이었다.

* * *

그렇게 '국장'으로 불리는 행정관 ○○명과 그 행정관 밑에 '과장'으로 불리는 행정요원 ○○명이 반부패비서관실에서 내가 함께 일할 사람들이었다.

그 인원으로 검찰, 공수처, 경찰, 권익위 등의 행정 각부의 업무를 관장하는 것이 나의 업무였다. 반부패비서관실 산하 공직감찰반을 통해 들어오는 행정 각 부처의 비리나 범죄 첩보를 처리하고, 기타 ○○○, △△△ 등에서 올라오는 각종 정보 보고 등을 취합하여 보고하는 것도 나의 업무에 포함되었다.

각 부처를 담당하는 행정관들이 이슈에 대해 보고를 하면 최대한 신속·정확하게 처리 방향을 결정하여야 하였다. 내가 혼자 결정할 사안이 아닌 경우는 이를 민정수석이나 대통령께 보고하여 처리하였는데, 그 과정에서 행정관이 작성한 보고서가 미진한 경우는 수정을 지시하거나 내가 직접 수정하여 보고하곤 하였다. 그러나 그중에서도 극도의 보안을 요하는 경우는 행정관 그 누구와도 공유하지 않고, 내가 보고서를 손수 작성하여 민정수석이나 대통령께만 대면보고를 하기도 하였다.

청와대는 늘 바람 잘 날 없이 현안이 계속하여 발생하는 곳이었다. 별일 없을 것 같은 하루도 항상 상황이 발생하여 보고가 올라왔고 나는 다시 이를 민정수석이나 대통령께 보고하고 현안에 대응하는 일상이 계속되었다.

하지만 세계 10위권의 강국 대한민국이 어떤 작동 과정을 거쳐 움직이는지를 실시간 보고 있다는 사실, 그리고 국가 전체적으로 중요한 결정에 내가 직접 참여하고 있다는 사실이 자부심을 갖게 하였다. 그래서 힘든 줄도 몰랐다. 대통령께서 외국으로 순방가실 때가 간만에 조금 한가로울 때가 되었다.

힘은 들었지만 보람 있는 나날이 계속되었다. 그러던 어느 날 모 신문사 기자가 휴대폰으로 전화를 걸어왔다. 검찰 인사 작업을 모두 마치고 인사가 막 발표된 6월 말 금요일 오후였다. 나는 으레 그러하였듯이 내용 확인도 하지 않고 "궁금한 점이 있으면 소통수석실과 문의하시라"고 답변하고 바로 전화를 끊었다.

기자들이 전화했을 때 그 기자에게 아무리 사소한 응대, 예컨대 무슨 용건인지라도 물어보게 되면, 뒤이어 이어지는 질문에 대한 대답을 안 할 수 없다는 것은 대검찰청 근무 시절부터 익혀오던 바이다. 그래서 기자들의 모든 전화에 대해 항상 그와 같이 아예 질문 자체를 받지 않았다.

그런데 그 기자의 질문은 바로 '나' 개인에 대한 것이었고, 나는 그때만 해도 세상이 그렇게 시끄러워지리라고는 전혀 예상하지 못하였다.

\* \* \*

그렇게 그 기자로부터 질문을 받고 소통수석실에 문의하라고 하고 나서 조금 후, 소통수석실에서 연락이 왔다. 오늘 밤 자정을 기해 공개될 내 재산과 관련하여 기자들로부터 이러이러한 문의가 있는데 어떤가를 물어왔다. 아까 기자가 전화한 것이 그에 대한 것이었다는 것을 비로소 알았고, 나는 흔연스레 이러저러하다고 설명해 주었다.

그런데 그날 저녁 뉴스부터 나에 대한 보도가 시작되었다.

변호사 하면서 번 돈으로 궁박한 처지에 있던 지인에게 돈을 계속 빌려주다가 대신 맹지를 소유권 이전 받은 것이 '투기'로 보도되었다. 이미 대출도 가득 차 있었고, 무슨 개발 이슈와도 전혀 관련

없는 땅이었다. 오히려 아까운 돈이었지만 어려운 처지에 있는 사람을 도와준 일종의 미담 같은 것으로 내 나름대로는 내심 자랑스러워하고 있었는데, 그것이 투기라고 보도되었다.

또한 대출받아 상가를 산 것은 대출이 과도하다고 매도되었다. 나도 이른바 건물주가 되어서 이자를 갚고도 매달 일정 수입이라도 들어오면, 그것을 가지고 장차 내가 하고 싶은 일을 돈에 구애받지 않고 하고 싶었다. 그런 욕심에 무리하게 상가를 분양받은 것이 그렇게 비난의 원인이 되었다.

당시 은행에서는 대출을 마구 장려할 때였고, 은행이 해 주는 대출을 모두 받으면 무난히 상가의 잔금을 치를 수 있는 시절이었다. 그렇다고 해서 덜컥 분양받으면 안 되는 것이었다. 일단 경제적으로도 손해가 막심하였다. 그리고 어느 순간 그렇게 비난의 빌미까지 되어 버렸기 때문이다.

그렇게 수년 동안 임대가 안 되어 이자를 물어내느라 골머리를 앓았던 그 물건이 '영끌'이라고 매도되었다. '그럼, 대출을 전혀 안 받고 내 돈으로 모두 살 수 있을 만큼 돈을 벌었어야 했구나'라고 혼자 자조적으로 되뇌었다. 내 나름대로는 억울하고 쓸쓸했다.

하지만 그 맹지 중 일부가 내 명의로 되어 있는 것도 엄연한 사실이었고, 대출을 많이 받아 상가를 분양받은 것도 맞는 사실이었다. 그리고 나에 대한 보도는 악의적이든 어떻든 닥친 현실이었다.

뭔가 결정을 하여야 했다.

\* \* \*

처음에는 흔연스럽게 설명했고, 해명을 하려고 하였다. 그래서 바로 소통수석실에서 물었을 때 여러 가지 답변을 해 주었다. 그러나 이러저러한 해명은 소용없어 보였다. 해명을 하여 분명히 의혹이 해소되었다고 생각한 사안에 대해서도 그 해명을 보도해 주는 것이 아니라, 여전히 같은 내용을 보도하면서 이제는 그러한 '의혹이 있다'로 용어만 바뀔 뿐이었다.

나에게 돈을 빌려 갔다가 못 갚아서 땅을 이전해 준 그 사람이 전화하여 "내 평생의 은인인데 내가 앞길을 막아 버렸다"고 엉엉 울면서 연신 미안하다고 하였다. 당장 청와대로 와서 기자회견을 하겠다고 하였다.

나는 말렸다. 그런다고 멈출 공격이 아니었다. 대선이 1년도 남지 않은 시점에, 이미 정치판은 대선 정국으로 돌입되어 버린 상황이었다. 자초지종과 진실은 별로 중요하지 않아 보였다.

그렇게 전국을 떠들썩하게 한 금요일 저녁과 토요일이 지나고 일요일 아침 8시에 민정수석실 비서관들이 모였다. 어떻게 된 것인지 궁금해했다. 나는 보도된 의혹에 대해 30분 정도 설명한 후 말했다.

"내가 검증 때 제출한 자료와 한 치도 다르지 않다는 것을 아실 것입니다. 그래서 나는 억울합니다. 하지만 나를 타깃으로 한 세력은 공격을 절대 멈추지 않을 것입니다. 내 사돈의 팔촌이라도 들먹이며 공격을 할 것입니다. 더 이상 대통령님께 누가 될 수는 없습니다. 나는 오늘 자로 그만둡니다." 모두 침묵하였다.

당시 민주당에서조차 내 해명의 진실성 여부보다는 이 일이 향후 대선 정국에서 얼마나 불리하게 작용할 것인지부터 셈하고 있는 것으로 보였다. 청와대도 별반 다르지 않았을 것이다. 하지만 별로 야속하지 않았다. 원래 그런 것이다.

민정수석이 나의 결정에 대해 오전에 대통령께 보고하여 재가를 받고 언론에 발표하였다. 나는 간단히 짐을 챙겨 나왔다.

조촐한 짐가방을 들고 청와대 '시화문'을 걸어 나오면서, 나는 평소 금과옥조처럼 품고 사는 이순신 장군의 말씀을 담담히 되뇌었다.

"대장부가 세상에 태어나매, 쓰임을 받으면 목숨을 바쳐 나라에 충성하고, 쓰임을 받지 않으면 물러가 밭을 갈면 족한 것이다(丈夫 出世 用則效死以忠 不用則耕野足矣)."

＊ ＊ ＊

월요일부터는 청와대로 일찍 출근할 필요가 없게 되었다. 그래서 그 월요일에 나는 바로 청와대로 출근하기 전, 날마다 그 시간에 했던 테니스를 치러 갔다. 우리 동호회 사람들을 비롯해서 옆 코트에 있던 사람들의 쏠리는 의아한 시선과 표정이 느껴졌다. 그러리라 생각했으므로 이상할 것이 없었다.

오랜만에 보는 동호회원들은 잘 왔다고 하면서 반겼다. 테니스 실력시 조금 줄어 있었다. 역시 예전처럼 두 시간 동안을 가득 쳤다.

사람들이 괜찮으냐고 물어봤다. 나는 "내가 진짜 물건을 훔쳤는데 훔쳤다고 공격하면 겁도 나고 창피하기도 할 텐데, 물건을 훔치지도 않았는데 훔쳤다고 공격하면 그것은 허상에 대한 공격이니 아무렇지 않을 것입니다. 그것과 같습니다"라는 말로 대답을 대신하였다.

조금 억울하였을 뿐 실상 큰 상처는 입지 않았다. 내가 내 아이들에게 부끄러운 일은 하지 않았기 때문이다.

다만, 내가 사임하고도 그 후 1주일 동안이나 나에 대한 언론의 보도는 계속되었고, 그 이후에는 민정수석과 인사수석, 종국에는 대통령을 비난하는 기사로 전환되었다. 그것이 그분들에게 견딜 수 없이 미안했다.

그러나 공직자의 행위라는 것은 법에 어긋난다, 아니다로만 논쟁되지 않는다는 것만은 깊이 깨달았다. 만약 내가 다시 공직을 맡고 싶다면 앞으로는 살아가면서 그 점만은 분명히 새기고 있어야 한다고 생각하였다.

어쨌든 나는 그럭저럭 괜찮았는데, 문제는 내 가까이에 있는 사람들이었다.

아내는 내가 아침에 테니스를 치고 조금이라도 늦게 들어오면 무슨 일이 생겼을까 싶어서, 이전에는 하지 않던 전화를 해대었고, 집에 들어서는 나에게 왜 이렇게 늦느냐고 내지 않던 짜증을 내었다. 장모님은 연신 괜찮으냐고 전화하시면서, 그렇지 않아도 평소 살집 없는 분이 더 야위어지셨다.

≪ 첫째인 아들을 업고 있는 사진이다.
내 나이 서른한 살 때이다.
≪ 딸을 목마 태우고 아내와 함께 찍은 사진이다.

아빠가 자기와 못 놀게 되었다고 거실에 드러누워 울던 딸은 이
제, 사람들이 왜 아빠를 나쁜 사람이라고 하느냐고 또 거실에 드러
누워 울어댔다. 그리고 그 문제에 대해서는 아예 말을 꺼내지도 보
태지도 않는 큰아들의 상처 어린 침묵, 무엇보다도 아이들의 그런
반응이 가장 마음 아팠다.

＊ ＊ ＊

재밌는 것은 시골에 계시는 당시 아흔한 살 잡순 아버지의 말씀

이었다. 전화를 하시고는 괜찮냐고 물어보셨다. 나는 괜찮지 않을 것이 뭐가 있겠느냐고 하였다.

그러자 아버지는 "우리 아들 야물다. 그 어느 누가 그렇게 전국적으로 방송에 나온다냐? 내가 아들 하나는 잘 두었다. 나는 갠찬하다" 하셨다. 아버지답다고 생각하였다. 아버지 방식의 위로였다.

이런 일이 보도되면 늘상 고발을 하는 시민단체라는 곳이 나를 고발하여 경찰에서 그 일에 대해 수사까지 받게 되었다. 나를 걱정해 주던 주변의 변호사들은 "네가 아무리 변호사라도 사건을 객관적으로 볼 수 없으니, 변호사를 선임해서 대응하는 것이 좋겠다"고 하였다. 심지어 긴장의 끈을 놓지 말고 대형 로펌을 선임하라고까지 조언하는 사람도 있었다.

하지만 나는 변호인을 선임하지 않고 혼자 조사받기로 하였다. 일단 있는 그대로 조사가 되면 법적으로 아무런 문제가 없을 것이라는 자신감도 있었지만, 변호사를 선임해서 기술적으로 대처할 문제는 아니라고 생각했다. 있는 그대로 드러내고 평가받겠다고 마음먹었다.

결국 나는 경기남부경찰청에 피고발인으로서 혼자 조사를 받으러 갔다. 담당 경찰관은 특수부 검사 출신으로 수사에 전문가였던 나를 상대로 조사한다는 사실이 계면쩍었는지, 처음에 심정을 묻기도 했는데 쓸데없고 모욕적이기까지 하다고 생각하였다. 심정이 어떻겠는가, 기분 좋을 리는 없지 않은가. 물론 그런 내색은 하지 않았고 가볍게 웃어넘겼다.

나는 말하였다. "나에 대해 계좌를 다 보든 어쩌든 철저히 조사해 달라. 그런데 한 가지 부탁이 있다. 그렇게 조사한 후 내가 한 말이나 해명이 맞는 것으로 확인되면, 그렇다고 보도 자료나 하나 내달라. 의혹 제기는 보도되고 그 결과는 보도되지 않으면 불공평하지 않은가?" 그렇게 해 주지 않을 것이 확실했지만 말이라도 해 보고 싶었다.

조사는 시시콜콜한 부분까지 진행이 되었다. 나는 있는 그대로 답변하였다.

그 과정에서 평생 법 없이 살 사람이라고 여기던 아내마저 피고발인으로 조사를 받으러 오라는 연락을 받았을 때는 정말로 화도 나고 아내에게도 미안했다. 아내는 걱정과는 달리 선선히 "있는 대로 말하고 오면 되지?"라고 하고는 조사를 받고 왔다.

결국 수차례의 경찰과 검찰의 조사 끝에 무혐의 처분되었다. 경찰이나 검찰이나 보도 자료를 내줄 리는 만무했다. 어차피 기대도 하지 않은 것이었다.

다행히 몇 군데 언론사에서 보도가 되었다. 고맙게도 그 기사에서는 무혐의 결과뿐만 아니라, 내 해명이 맞았다는 것 역시 확인하여 주었다. 하지만 일부러 검색해 들어가지 않으면 알 수 없을 정도로 쓸려 지나갔다.

나는 또 원래 그런 것이다 하였다.

다음은 2022년 4월 4일 자 〈연합뉴스〉 기사이다.

# '투기 의혹' 김기표 전 靑비서관, 보완수사 끝 무혐의 처분

부동산 투기 의혹을 받았던 김기표 전 청와대 반부패비서관이 수사기관에서 무혐의 처분을 받았다.

4일 법조계에 따르면 수원지검 성남지청은 부패 방지 및 국민권익위 설치·운영법 위반 혐의로 고발당한 김 전 비서관에 대해 지난달 30일 불기소 처분을 내렸다.

김 전 비서관은 지인과 공모해 명의신탁하는 방법으로 경기도 광주시 송정동 개발지역 인근의 '맹지(盲地)'를 매입한 의혹을 받았다.

검찰은 그러나 김 전 비서관이 개발 계획을 사전에 알고 부동산 투기를 했다는 증거가 없다고 판단했다. 광주시 송정동 토지 개발 담당 공무원 역시 해당 토지와 송정동 개발은 관련이 없다고 진술한 것으로 알려졌다.

김 전 비서관은 논란 당시 해당 토지 매입 경위에 대해 "자금 사정이 좋지 않던 지인이 매수를 요청해 부득이하게 취득하게 된 것"이라고 설명했다.

해당 지인 역시 자신이 김모 씨에게 부동산 투자 사기를 당해 김 전 비서관의 도움을 받았다고 진술한 것으로 전해졌다.

검찰도 김씨의 사기 사건 판결문을 확보해 살펴본 결과 김 전 비서관과 그 지인의 해명이 맞는다고 최종 결론 내렸다.

김 전 비서관 사건을 수사한 경기남부경찰청은 지난해 9월 이미 증거불충분을 이유로 혐의없음 결론을 내린 바 있다.

그러나 고발인 측이 이의를 신청해 성남지청이 경찰에 한 차례 보완 수사를 지휘했고, 재검토 끝에 최종 무혐의 판단을 내렸다.

＊ ＊ ＊

정확히 2021년 4월 1일부터 근무하기 시작하여 6월 29일자로 공식 마감된, 3개월에서 하루 빠지는 기간의 밀도 높았던 청와대에서의 근무는 그렇게 끝났다.

내가 그리던 검찰 개혁을 이루기에는 턱없이 부족한 시간이었지만, 국가가 어떻게 작동되는지, 또 어떻게 작동되어야 할 것인지를 체득하는 데는 충분한 시간이었다.

나는 그렇게 청와대를 나와서 변호사 일도 바로 하지 않고 잠시 쉬었다. 그동안 검사로, 또 변호사로 살면서 아예 일을 놓고 산 적이 없었던 나는 그런 시간이 오히려 소중하였다.

아직도 시끄러운 여운이 가시지 않았을 때였다. 그래도 마음은 뭔가 허전하고 헛헛하였다. 그때 문득 부천에 그냥 가서 여기저기 돌아다니고 싶다는 생각이 들었다.

청와대에 있을 때 고등학교 친구들 단체 카톡방에는, 진학이네 당구장에 매일 모여 노는 얘기들이 올라왔었다. 얘들이 벌써 무슨 경로당처럼 아지트 하나 만들어서 노는 거냐 하면서 바빠서 같이 어울리지 못하는 것이 아쉬웠다.

그리고 효현이가 아마스빈을 오픈했다는 소식을 들었을 때도 직접 가서 음료라도 한잔 사 주고 싶었지만 역시 바빠서 가지 못했다.

부천의 우편집중국에서 일하는 창덕이와는 점심을 먹기로 했었는데 청와대에서 연락이 와서 언제부터 바로 출근하라고 하여 약속을 깼던 기억도 났다.

부천을 그냥 갔다.

부천의 낮 거리는 한산하였다. 먼저 우편집중국으로 갔다. 창덕이를 만나 점심을 먹고 이러저러한 얘기를 나누었다. 창덕이는 자신이 몬다는 어마어마하게 큰 11톤 트럭을 보여 줬다. 사람이 달리 보였다. "이거 진짜 네가 운전하는 거 맞냐?"고 물어보기까지 하였다. 창덕이와 점심을 먹고 창덕이가 모는 트럭 옆 조수석에 앉아 오다가 상동 쪽에 내렸다.

거기서부터 내키는 대로 버스도 타고 걷기도 하며 아마스빈으로 갔다. 효현이는 없었고, 그 아내만 있었다. 그 아내는 내 얼굴을 모른다. 흑당 버블티를 하나 사서 구석에 있는 조그만 탁자에 혼자 앉았다. 가게 여기저기를 찬찬히 둘러보고 들고나는 손님도 한참을 살펴보았다.

다 마시고는 효현이 아내에게 인사를 하고 다시 걸어서 신중동 먹자골목에 있는 진학이네 당구장으로 갔다. 아파트 사이사이 길을 멀게 가는 것도 마다 않고 여기저기 둘러보며 갔다. 큰 품에 안긴 것처럼 편안하고 푸근하였다.

진학이네 당구장에는 이미 몇 놈들이 죽치고 앉아 있었다. 오랜 동안 치지 않은 당구는 칠 흥미가 나지 않았고 진학이한테 미안했지만 친구들을 끌고 신중동 먹자골목으로 나갔다. 맥주 한잔 마시면서 싱거운 농담들에 박장대소를 해 가면서 마음을 풀고 놀았다.

✳ ✳ ✳

부천의 오랜 친구들은 일부러 위로하려 하지 않았다. 그래서 너무 좋았다. 위로받으면 고맙기는 하지만, '나는 분명 괜찮은 것 같은데 내가 그렇게 이상한 사람이 되어 있나' 하는 생각도 같이 하기 마련이다. 부천은 그런 생각은 적어도 하지 않게 해 주었다.

세상은 시끄러워도 친구들은 각자의 자리에서 묵묵히 잘살고 있었고 흔연스레 대해 주었다. 부천에 오니 그렇게 마음이 편하고 푸근할 수가 없었다. 나를 넓게 품어주는 느낌이었다.

나는 그 후 곧 변호사 업무에 복귀하였다. 청와대로 가면서 잠시 다시 입에 대었던 술은 변호사 업무로 복귀하면서는 다시 끊었다. 그렇게 나는 다시 청와대로 가기 전의 상황으로 온전히 돌아왔지만 나 자신은 완전히 달라져 있었다.

청와대를 그만둔 지 한 달 정도나 되었을까, 아내가 물어왔다. "당신이 청와대에 들어가기 전에 이렇게 결과가 될 것을 알았다면 그래도 청와대에 들어갔을 것 같아?"라고 하였다. 아내는 전혀 내색하지 않았지만 여전히 괴로워하고 있구나 생각되었다.

나는 잠시도 지체하지 않고 대답하였다. "나는 그래도 들어갔을 거야." 왜냐고 물었다. "나는 비록 세상이 시끄러워지도록 억울하게 공격도 받았지만, 그 기간 동안 얻은 것이 있어. 내가 보고 싶었던 세상을 봤거든, 그것은 어느 만큼의 돈으로도 환산할 수 없는 가치가 있는 것이야"라고 하였다. 나의 진심이었고 지금도 그 생각은 변함이 없다.

아내는 "그럼 되었다"고 하였다. 어쩌면 아내는 그런 대답을 기대하였던 것인지도 모르겠다.

그렇다. 저 높은 곳에서 세상을 둘러본 후 나는 비로소 '꿈'이 생겼고, 내 삶은 완전히 바뀌어 버렸다. 우선, 내가 앞으로 이 세상을 떠날 때까지 살아가야 할 삶에서, 나 자신만을 위해 사는 삶은 제외하였다.

개인적으로나 가족에게는, 내가 변호사를 하면서 예전처럼 사는 것이 여러모로 좋은 일일 것이다. 그 일을 벗어던지고 대중정치의 길로 나선다는 것은 누구의 적나라한 표현을 빌자면, '미친 짓'이고, '가장 비합리적인 짓'이 맞을 수도 있겠다.

하지만 나는 그 여름, 이제 더 이상 내 자신만을 위해 살지는 않겠다고 결심하였고, 그래서 미친 듯, 비합리적인 듯 보이는 선택을 하였다. 그러나 그러한 선택을 한 나는 이전보다 훨씬 더 행복해졌다. 비로소 내가 해야 할 일을 찾은 느낌이다.

나는 단지 국회의원이라는 직업을 가지려는 것이 아니다. 지역에서 몇 선을 해 가며 그 지역의 터줏대감같이 되는 것도 바라지 않는다. 나는 안주하지 않을 것이며, 계속하여 도전하고 발전할 것이다. 나에게는 너무나도 뚜렷한 목표가 있기 때문이다.

나는 꿈꾼다. 노무현, 문재인 그리고…

# 3부

---

# 소이부답심자한(笑而不答心自閑)

　날씨가 선선해 산책에 나섰다가

　세상에서 제일 맛없을 비빔국수로 다시 안 올 오늘 저녁 한 끼를 날리고

　갑자기 내리는 비 쫄딱 맞고 패잔병처럼 앉아 있다.

　아버지와 함께 코로나를 막 이겨내신 여든여덟 잡순 어머니는 전화 너머로 "와따, 그놈 도가드라" 하시고 오늘 당신을 뵈러온 넷째 딸 생일이 오늘이라 하니 당황해하시며 서둘러 전화를 끊으신다.

　이미 길 떠난 누나한테 전화하신다고.

　소이부답심자한(笑而不答心自閑)….

# 아버지

1931년생, 우리 나이로 아흔세 살 잡순 아버지는 요새 부쩍 병원으로 실려 가는 일이 잦아졌다.

금년 초에는 상황이 너무 안 좋아 마음의 준비를 해야 하는 것 아닌가 하였지만, 타고난 기운이 워낙 강한 분이다.

사경을 헤매실 때 나는 울먹이며 "아버지, 아들이 내년에 국회의원 되는 것은 보셔야죠"라고 하였다. 그 말을 들었기 때문일까. 아버지는 정말 거짓말처럼 다시 살아나오셨다.

얼마 후 어머니는 "니가 국회의원 되는 것 꼭 보겠다고 일부러 걸어도 더 다니시고, 밥도 더 잘 자시고 한다. 어저께는 논에도 갔다 오셨다잉" 하셨다.

내색하지는 않았지만, 세월이 지나도 아버지에 대한 젊은 시절 원망은 사라지지 않고 마음 한 켠에 늘 도사리고 있었다. 하지만 올해 초 의식 없는 아버지의 기저귀를 갈아드리면서 거짓말처럼 모두 사라져 버렸다.

이번에는 대상포진으로 또 입원하셨고 극심한 고통에 시달리다 이제 좀 회복되셨다. 바쁘니 내려오지 말라고 하였으면서도 내가 가니 그렇게 반가워하실 수 없다.

"내년 4월에는 내가 꼭 서울 갈란다. 열심히 하거라." 요즘 아버지는 아들의 국회의원 되는 것 하나 붙들고 사는 분 같다.

거동이 불편하면서도 바깥까지 배웅 나오셨다. 아버지답지 않았다. 그런 달라진 모습에 깊이를 알 수 없는 슬픔이 밀려왔다.

# 꽃이 진 자리에서
-이태원 참사 희생자들을 애도하며

환희와 고마움

목젖 깊숙이 올라오는 애틋함

밤 깊이 잠 못 이룬 고갈과 한순간의 회복

밤을 새던 염려와 진한 안도

마음 졸이던 위태로움과 뿌듯한 대견함

쉼 없이 던져지던 짜증과 곧바른 유쾌함

매 순간 파고들던 걱정과 평안함…

이제 그 켜켜이 쌓인 싹을 틔우려던 그가

찬란히 꽃을 피워 향기를 내뿜어야 할 그가

온전히 세상이었고 우주였던 그가

짓밟혀 스러졌다.

감당 못할 하나도 아닌, 일백오십육의 세상이 사라졌다.

지켜주지 못했으면

미안하다고 옷을 찢으며 울부짖기라도 하여라.

# 《하얼빈》

　김훈 작가님의 글이라 봐야《칼의 노래》를 읽었을 뿐이고,《라면을 끓이며》나《현의 노래》,《무진강산》등이 책꽂이에 꽂혀는 있으나 몇 장 넘기다 말았을 뿐이었다. 한참 사춘기에 이러한 책들을 사들였던 아들에게는 이들을 다 읽었는지까지는 채 물어보지 못했다.

　10년도 넘게 전에 접한《칼의 노래》에서, 그의 글은 너무나 사실적이고 건조하여 겨울에 마른 피부 조각이 살점과 함께 떨어져 나가는 아픔을 느끼면서, 때로는 지나치게 위악적(僞惡的)이기까지 하다는 생각을 하곤 하였다. 그렇게 그 시대를 살아간 사람들의 운명이 슬펐고, 그런 그의 문체가 좋았다.

　그의 다른 작품도 읽어보고 싶었지만, 내가 굳이 문학도를 자칭하는 정도는 아니어서 그저 몇 번 꺼내보다 다시 제자리에 꽂아 두곤 하였을 뿐이었는데, 이번에 그가 안중근이라는 인물을 토대로《하얼빈》이라는 소설을 냈다고 했을 때 저것은 꼭 한번 읽어보리라 다짐하였고, 두껍지 않은 책을 몇 번에 걸쳐 최근에야 다 읽었다.

　책을 읽는 내내 우리에게 익히 알려진 다부진 모습의 안중근의 초상화가 계속 떠올랐고, 그 초상화를 긴 서사로 풀어낸 느낌이었다. 역시 그의 문체는 간결했고 건조했으며 무심했다. 그래서 통감부 시절 조선과 조선인의 현실이 더 아팠고 안중근의 이토 저격이 더 슬프고 대단한 것으로 다가왔다.

　다만, 10여 년 전 나의 마음을 예리하게 베어 들곤 하였던 그의 글이 다소 무뎌지게 느껴진 것은, 그때보다 나이가 들어 버린 내 탓인지 그의 탓인지 알 수가 없다. 당시《칼의 노래》를 읽고 그 주말에 바로 통영 앞바다로 가서 격군(格軍)의 노 젓는 소리를 느끼던 그러한 감동까지는 느끼지 못하였으니….

# 테니스

오늘은 날씨가 갑자기 따뜻해져서인지 회원들이 많이 나와서 북적댔다. 그래도 예보 상으로는 영하 4도라고 나와 있었는데, 그간의 새벽 기온에 대면 엄청 따뜻해진 것이다.

나는 개인적으로 영하 4~5도가 테니스 치기에는 가장 좋은 기온이라고 생각한다. 그 정도가 땀도 덜 나고, 욕심내서 한두 게임 더 쳐도 더울 때보다 덜 지친다. 바람만 안 불면 영하 10도 정도까지는 꽁꽁 싸매고 치면 곧 몸이 따뜻해진다. 새벽에 운동을 안 해 본 사람은 웬 미친 소리인가 할 수도 있겠지만, 그런 미친 사람들이 새벽 테니스장에는 즐비하고 넘쳐난다.

사진 내 바로 옆에 있는 분은 우리 클럽의 정신적 지주이신 오랜 형님이다. 맨 마지막 사진 속 뒤태도 바로 이 형님의 것이다. 뭐 강호에서는 실력 있고 인품 좋기로 소문난 분인데, 60이 넘은 나이에도 우리 클럽에서 최고수 중 하나이고 쉽게 이기기 힘든 실력의 보유자이다. 나는 영하 10도가 마지노선인데 이 형님은 영하 15도가 예보된 날에도 새벽에 운동 나간다고 단체 카톡에 출석 신고를 하는 젊디젊은 아자~~씨이다. 오늘은 테니스 간단히 치고 골프를 치러 간다고 해서 참 못 말리는 분이다 했다.

운동 후 국밥 한 그릇은 그 자체로 행복이다. 음식이 나왔을 때 그리고 다 먹었을 때 가족 카톡방에 사진을 찍어 올리는 것은, 아빠

가 아침 운동 잘 마
치고 일하러 간다고
보고하는 것이고, 그
러면 역시 마눌님이
가장 먼저 답글을 주
신다. 카톡 숫자가
'3'에서 '1'로 바뀌었
는데 '1'이라는 숫자
가 바로 안 없어지는
것은 방학 맞은 따님
이 아직도 자고 있다
는 의미이다.

# 뮤지컬 〈브로드웨이 42번가〉

평소에는 등교 시간 직전까지도 못 일어나는 따님은, 아침 7시에 벌써 친구들과 에버랜드로 가 버리셨고, 공연을 즐기시는 장모님이 외손녀의 대타로 함께하셨다.

장모님은 30여 년 전 뉴욕에서 직접 이 작품을 보신 얘기를 들려주시니, 이 뮤지컬은 시공간을 초월하는 그 무엇 같다.

나와 아내 역시 몇 년 전에 아들과 함께 신도림역 근처에 있는 극장에서 똑같은 뮤지컬을 봤는데… 음…

나는 기억이 가물가물한데 아내는 정확히 기억하고 있었다. 당시 배우 김석훈이 줄리안 마쉬 역으로 나왔었다고.

맞다! 하면서 인터넷을 열심히 검색해 보니, 그 몇 년 전이란 2017년이고, 신도림역 근처 극장은 디큐브아트센터였으며, 당시 김석훈과 함께 더블캐스팅이었던 사람이 배우 이종혁이었다. 당시 김석훈의 연기를 보고 이종혁은 어떻게 했을까 하고 궁금했었는데, 오늘 공연에서 이종혁이 줄리안 마쉬로 나왔으니, 나는 5년간의 시차를 두고 김석훈과 이종혁의 연기를 모두 다 본 셈이다(이번 공연에서는 김석훈은 출연하지 않고 대신 송일국이 더블캐스팅 되었다).

무대에서 연기하는 배우 중 친한 친구 딸도 있어서 눈에 띌 때마다 반가워하면서 작품 속 노래와 춤이 주는 흥겨움에 젖어 들었는데… 좀 엉뚱한 생각이 들었다. 노래와 춤의 흥겨움에 비해 관객이 너무 엄격한, 딱딱한, 부동자세, 이런 것 아닌가? 그렇지 않으면 나도 눈치 안 보고 어깨춤도 좀 춰볼 텐데 말야.

# 우리는 부천동중학교 1회 졸업생이다

심곡동에 살면서 부천북초등학교를 다니는 나를 왜 역곡에 새로 생긴 중학교로 가라고 하는지 이해할 수 없었다. 건물 준공이 늦어져서 남들이 3월 2일에 입학식을 할 때 우리는 며칠 늦게 입학식을 하였고 졸업할 때까지 운동장에서 돌멩이를 주워야 했다.

하지만 지나놓고 생각해 보니, 덕분에 1학년 때는 오직 우리밖에 없어서 친구들끼리도 더 친해지고 선생님들도 신경을 더 써 주셨으며, 그래서 당시 다른 남자 중학교에 비해 그리 분위기가 험악하지도 않았던 것 같다.

몇몇 친구들끼리 십시일반으로 후배들을 돌봐 오다가 그러지 말고 올해부터 본격적으로 동창회로 발전시켜 후배들 장학사업도 하고 멘토링도 하기로 하였고, 어쩌다 내가 회장을 맡게 되었다. 올해 5월에는 실제 후배들에게 장학금을 지급하는 행사도 가졌다.

어제는 이번에 졸업하는 무려 37회 후배들 앞에서, 중학교 때부터 서로 다른 모습으로 살았고 이후에도 각자의 자리에서 각자의 모습으로 열심히 살아온 1회 동창생 4명이 그동안 살아온 얘기도 하고 질문도 받았다.

36년이나 차이 나는 후배들의 예상치 못한 따뜻한 환대에 놀랐고, 한마디라도 도움을 주겠다고 갔던 우리가 그들의 활기차고 진지한 모습에 오히려 에너지를 얻고 힐링이 되어 돌아왔다.

나는 그저 이 아이들이 커서 선배들이 하는 모습을 기억하고 자신들도 십시일반으로 기부하여 그 후배들을 돕고, 그 후배들은 또 다른 후배들을 돕고, 그것이 전체 사회로 퍼져나가고… 이렇게 따뜻하고 나눌 줄 아는 마음이 무한 반복되는 것을 꿈꾼다. 충분히 가능하다. 우리부터 이렇게 조금씩 꾸준히 해 나가면….

# 부천동중학교 졸업식

　졸업식 축사를 부탁받아 부천동중학교에 다녀왔다. 쑥스럽기는 했지만, 코로나 3년의 한복판에서 잘 견뎌준 짠한 후배들에게 무슨 말을 해 줄까 무척 고민되었다.

　1회인 우리가 처음 학교에 갔을 때는 1층만 있었고, 그 위로 솟은 철근들은 앞으로 올라갈 건물이 더 있다는 것을 암시하고 있었다. 우리가 공부하는 머리 위로 그렇게 건물은 소란스럽게 계속 올라갔었다.

　그랬던 모교가 37회째나 졸업생을 배출하게 되었다니 감개무량하였고, 아랑곳하지 않고 흘러가는 세월의 도도함이랄까, 그런 것을 느낀다.

　같이 축사를 한 운영위원장님도 동여중을 나왔다는 말을 들으니 정말 친누이를 만난 것처럼 반가웠다.

　앞으로도 후배들이 행복하고 따뜻하게 살아가면 좋겠다.

# 우리 아이들

　내가 운영위원장으로 있는 중흥중학교 어울림한마당이 열렸다. 팬데믹 때문에 3년 넘는 기간 동안 열리지 않았던 체육대회라서 그런지 아이들이 너무나 좋아하였다. 개회식 빨리 끝내고 얼른 뛰어 놀고 싶어 하는 눈치라서 축사도 아주 간단히 끝냈다.

　아이들의 본성이 저렇게 에너지를 발산하고 어울려 뛰어노는 것일 텐데, 팬데믹이 얼마나 아이들을 답답하게 했을까 생각하니 안쓰러운 마음마저 들었다.

　정말 이 아이들이 우리의 희망이고 미래이다. 우리 모두가 충만한 사랑으로 잘 키워내야 한다.

# 조깅과 오이

　요즘 일기예보는 안 믿는 편이다. 딱히 기상청의 기술을 못 믿는다기보다는, 날씨가 이미 기상청이 예보할 수 없을 만큼 변동성이 강한 것 같다고, 그냥 나 혼자 생각한다. 나아가 지구 온난화 때문이라고도 생각하고, 기후에도 이른바 '뉴노멀'이 적용된다고 느낀다.

　기상청 동네예보 앱으로 늘 다음 날 새벽 날씨를 확인하는 것은 오래된 습관이다.

　나는 대학교에 합격한 이후에는 특별한 사정이 아니고는, 나에게 주어지는 매일의 선물 같은 새벽을 운동 시간으로 할애하였다. 그 운동의 종류는 세월 따라 변하여 갔는데, 얼마 전까지는 아주 오랫동안 테니스를 쳤으므로, 다음 날 새벽에 비가 오는지를 알아보는 것은 전날 챙겨야 할 매우 중요한 일이었다.

　요즘은 조깅을 하고 있으므로 역시 전날 날씨를 꼭 체크해야 한다. 어젯밤 예보 상으로는 새벽에 동네에 비가 많이 올 것처럼 보였다. 그래서 새벽까지 이것저것 하다가 평소보다 조금 늦게 잠이 들었다.

　일기예보를 안 믿는다는 것은, 그러나 일기예보가 뭐라고 하더라도 일단은 늘 일어나는 시간에 알람을 맞춰놓고 잠이 든다는 것이고, 그 시간에 깨어서 창문으로 바깥 날씨를 직접 확인해 본다는 것을 의미한다.

오늘 아침에도 그러하였다. 막상 일어나 보니 바깥은 흐리기는 했으나 다행히 비가 오지 않았다. 잠을 얼마 자지 못했지만 몸 컨디션은 나쁘지 않아 집을 나섰고, 아침에 하는 여러 루틴을 조깅과 턱걸이까지 빼놓지 않고 하였다.

땀을 쭉 빼고 돌아오는 동네 아파트 사이 산책길에는, 아침마다 아주 작은 야시장처럼 채소를 파는 곳이 있다. 많은 이들이 그곳에 들러 물건 사는 것을 구경하기만 하였을 뿐, 보통은 무심히 지나치곤 하였다. 그런데 오늘은 문득 한 봉지에 2,000원 한다는 오이가 눈에 들어왔다.

목이 마른 나그네에게는 오이가 제격이다. 신발을 고쳐 신은 것이 아니라 진짜 오이를 땄을 수도 있었겠다는 허튼 생각과 함께, 목이 말랐던 나는 문득 오이를 사기 위해 현금을 주섬주섬 꺼내었다.

갈증날 때 생각나는 것에는 여러 가지가 있다. 물, 게토레이, 콜라 같은 것들이 우선 떠오르지만 오이처럼, 눈에 띈다면 저것이야말로 갈증을 바로 해소해 줄 최적의 것이라고 굳게 믿어 버리는 것들도 있는 것이다.

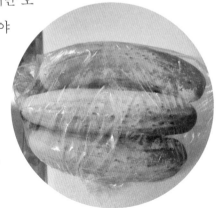

집에 오자마자 밖에는 비가 쏟아지기 시작한다. '일종의' 뒷북이다.

물로 씻고 껍질째 먹는 오이는 그 믿음을 지켜주었다. 덤으로 배까지 든든하게 해 주었다. 그리고 왠지 몸에도 좋을 것 같다는 흐뭇한 생각까지 들었으니, 오늘 2,000원의 쇼핑은 매우 성공적이다.

그러고 보니 오늘이 '처서'구나. 어젯밤 모기는 그래서 나를 끝내 물지 못했던가 보다.

# 권력과 훈계

2심(항소심)에서 실형을 선고받고 구속된 사람의 보석 재판이 있었다. 내 의뢰인도 함께 재판을 받아서 현장에 함께 있었다.

뭐 가능성은 거의 0퍼센트에 가까웠다. 하지만 칠십의 나이에 회사를 경영하는 그 사람은 지푸라기라도 잡는 심정으로 대출 연장이라도 잘 할 수 있게 석방해 달라고 하였다.

재판 중에 판사가 갑자기 왜 보석을 신청했는지 묻고 일장 훈시를 시작하였다. 재판을 하는 과정에서 그런 것을 예상하지 못했느냐, 그런 사정들까지 다 감안해서도 구속할 만해서 구속한 것인데 왜 보석을 신청했느냐, 정확한 말까지 옮기지는 못하지만 대충 그런 뜻이었다. 뭘 이런 걸 신청해서 귀찮게 하느냐 황당하다 이런 말투로도 들렸다.

나이 칠십 먹은 피고인과, 그 판사보다도 훨씬 판사 생활을 오래 했을 변호사들은 묵묵히 그 판사의 훈계를 듣고 있었다. 법정은 찬물 끼얹은 듯 조용했다. 그 사람은 풀려나지 못했다.

판단하라고 준 권력이 인격적인 우월이나 훈계할 권능까지 주는 것은 아닐 텐데, 그는 그런 착각을 하는 듯 보였다.

내가 보기에 검사들은 더하다. 검사는 판사들보다 사람들과 직접 대면하는 기회가 많다. 피의자를 설득한답시고 자신의 인생 얘기부터 시작해서 일장 연설과 훈계를 하곤 한다. 피의자의 옆에 앉아 들어보면 후배 검사의 그런 말은 정말 낯 뜨거운 경우가 많다. 나이 따지는 게 좀 우습지만, "몇 살이나 먹었다고 노인한테 저런 인생 얘기까지 하면서 훈계하나?" 싶을 때도 많다. 물론 훈계를 듣는 노인은 아주아주 다소곳하다.

내가 현재 변호하고 있는 사회적으로 이슈 되는 사건의 피고인이 있다. 정말 돈을 안 받았는데, 어떤 XX한 놈이 내 의뢰인에게 돈을 주었다고 해서 졸지에 구속이 되고 졸지에 재판을 받고, 세상까지 떠들썩하게 되었다. 구치소에 접견을 갈 때마다 억울해 죽는다는 하소연을 듣느라 진이 다 빠질 지경이다. 그 의뢰인이 늘상 하는 말이 있다. "그 검사가 분명히 나한테 말했어. 자신은 정치도 모르고 ○○도 모르고 잘 모른다고, 그렇게 세상 돌아가는 것을 모르니까 그 XX한 놈 말만 듣고 사람을 이렇게 가둬놓는 거지, 뭘 모르면 잘 알아봐서 억울한 사람 만들지는 말아야지…."

훈계를 하다 보면 말이 많아지고 말이 많아지면 안 해야 할 말도 하고, 결국 자신이 뭔 말을 하고 있는지 모르거나 그 밑천이 탄로 나는 경우도 많다. 그 맞은편 산전수전 공중전 다 겪은 피의자의 옆에서 함께 '다소곳이' 그 일장 연설 내지 훈계를 들으면서 자주 느끼는 것이다.

# 빼앗긴 들에도 봄은 오는가
-계속되는 對(대) 일본 굴욕 외교에 부쳐

낮에는 갑자기 더워지기까지 하였고, 거리에는 벚꽃이 만개하였다. 여기저기서 진달래 축제, 벚꽃 축제 소식도 들려오고, 봄을 맞는 글과 사진들도 계속 올라온다. 화려한 꽃들 사이를 지나면서 문득 1910년 나라를 빼앗긴 후에도 이런 상춘은 여전히 계속되었겠구나, 하는 생각을 하였다.

그렇다. 자식을 잃고도 밥이 넘어가더라는 그 어떤 어머니의 절규와도 같이, 그 어떤 상황에서도 인간은 먹고 마셔야 하고 상춘도 해야 한다. 시대적 혹은 사회적 상황과 인간 본연의 생명 활동은 별개로 진행되는 것이니, 그러한 인간의 보편적인 모습을 비루하다거나 한가하다거나 탓할 수는 없겠다.

이상화의 '빼앗긴 들에도 봄은 오는가'가 생각나 차근차근 읽어보았다. 무슨 나라를 빼앗긴 것도 아닌데 호들갑이냐고 할 수도 있지만, 적어도 요즈음의 나는 내 자신이 무슨 똥물을 온통 뒤집어쓴 채 살아가는 듯한 창피함, 분노, 참담함을 지울 수 없다. 시나 문장은 자기가 처한 상황에 따라 매번 새로이 이해되고 해석될 것이다. 이상화도 어느 화창한 봄날 흐드러지게 핀 꽃들 사이를 거닐면서 봄을 즐기다가 문득 밀려오는 심한 좌절과 분노를 이기지 못해 이 시를 썼겠구나, 하는 생각이 들었다.

자연은 인간이 지어내는 시대와는 무관하게 그 모습으로 꽃도 피워 내고 계절도 바꾸어 간다. 인간이 아무런 고민 없이 그런 자연에만 살아갈 수 있으면 좋겠지만, 어쩔 수 없이 그들이 스스로 만들어 가는 시대라는 배경 속에서도 살아가야 한다. 고등동물이라는 도취가 가져다주는 부작용이다. 그래서 인생은 복잡하다.

꽃과 봄만을 마냥 만끽하면 좋으련만, 나는 그렇지 못했다. 저녁이 되자 벚꽃은 가로등에 비쳐 더 아름다웠다. 그리고 그 사이를 걸어가는 내 머릿속은 그만큼 더 복잡해졌다.

# 세렝게티
-한국노총 금속노련 김준영 사무처장 구속에 부쳐

국가라는 것은 기본적으로 개인보다 힘이 세고, 권력이라는 것은 기본적으로 폭력적인 지향을 가진다. 그런 국가권력을 어떻게 통제할 것인가는 인류가 발전하면서 고민하는 공통적인 문제이다. 국가라는 것을 없앨 수는 없는 노릇이다(현재까지는 그렇다는 것이고 이 명제도 미래에는 혹시 달라질 수도 있겠다).

최근 고공농성을 한 사람에 대한 유혈진압을 보았고, 그는 결국 구속되었다. 귀족노조니 뭐니 하는 말은 맞지 않는다. 사회적 합의가 지켜지지 않아 400여 일이 넘는 농성이 계속되었다. '법치주의'가 내세우는 그 법으로는 어떻게 해결이 안 되는 교착상태를 풀어보고자 '법치주의'가 허용하지 않은 고공농성을 시작한 것 같다. 그러므로 결국 귀족노조 운운하며 그를 비난하는 것은 진실과 맞지도 않을 뿐만 아니라, 사태의 본질을 흐리려는 악의적인 의도로 보인다.

'법대로' 좋은 말이다. 나 같은 변호사들도 흔히 하는 말이다. 그런데 국가를 운영하거나 사회의 갈등을 해결하는 데 있어 '법대로'는 한 방편은 충분히 될 수 있지만 그것이 유일한 수단이 될 수도 없고 게다가 그렇다고 믿는 것은 더더욱 위험할 것 같다. 과거 임금과 신하가 의리가 있고, 아버지와 아들이 친하고, 지아비와 처에 차이를 두고, 나이 많은 사람과 적은 사람이 순서가 있고, 친구 간에는 신의가 있어야 한다는 것이 사회적 갈등 해결의 유일한 수단이 될 수 없었던 것과 같은 이치이다. 즉, 그 어떤 가치나 방편 하나로 설명되거나 해결되지 않는 인간지사 만물의 여백이 너무나 크다.

세렝게티 초원에서 사자가 누 떼를 사냥한다. 한 마리의 누가 희생되면 다른 누들은 다시 무슨 일이 있었냐는 듯 풀을 뜯는다. 나는 그 장면을 볼 때마다 일종의 소름을 느낀다. 그 풀을 뜯는 누는 자기도 나중에 그런 신세가 될 수 있다는 것을 알까. 그럼 우리들은 어떤가. 국가의 작용이 폭력적인 양태로 변할 때, 오늘 내가 당장 두들겨 맞지는 않더라도, 언제라도 나도 저 사람처럼 될 수 있다는 생각은 과연 하고 있는가.

우리는 진정 저 누들과 다른 고귀한 만물의 영장이 맞는가?

우리는 저 누들과 다른 '이성적 사유의 존재'임을 입증하여야 한다. 국가권력의 운용이 폭력적인 것으로 방향을 바꾸려고 할 때, 적어도 진영논리를 떠나 그에 대한 날카로운 비판의 시선을 가져야 하는 이유이고, 내가 당장 당하지 않는 일이라고 해서 쉽게 단정해 버리고 피 흘리는 자를 무분별하게 비난해 버리면 안 되는 이유이기도 하다.

# 광복절과 진정한 회복

어제 차로 이동하면서 '아, 내일이 광복절이구나' 하였다. 그런데 그에 이은 연상작용으로 "흙 다시 만져보자…"로 시작되는 광복절 노래가 갑자기 생각이 나는 것이다. 참 신기한 일이다.

광복절 노래라는 것이 있다는 것은 아는데, 돌이켜보면 중학교 때인가 고등학교 때인가 제헌절 노래, 광복절 노래 이렇게 한 번씩 간단히 배워본 기억이 있다(삼일절 노래도 배웠던가 아무튼…). 내 기억으로는 딱 한 번이었던 것 같다.

제헌절 노래는 전혀 기억이 나지 않는데, 광복절 노래는 부르다 보니 1절은 끝까지 할 수 있을 정도로 기억이 났다. 광복절 기념식은 다른 기념식들과는 달리 그래도 좀 보는 편이어서 그 노래에 대한 기억이 계속 강화되었겠다 싶다. 그렇다고 하더라도 여전히 신기한 일이다.

그렇게 노래를 불러보는데, 새삼 그 가사가 가슴을 파고들어 왔다.

그중에서도 "기어이 보시려던 어른님 벗님 어찌하리" 이 부분이 너무 아렸다. 저항하고 싸웠던, 어른들 벗들, 심지어 어쩔 수 없이 순응하고 살았던 분들일지라도… 그렇게 바랐으나 그것을 보기도 전에 돌아가신 분들에 대한 안타까움, 그리움….

광복, 영화롭게 회복했다는 그 광복…

우리는 일제 강점으로부터 해방되는 회복을 이루었다. 그러나 그것은 미완의 회복이다. 그럼 우리는 무엇을 더 회복해 나가야 할 것인가. 광복의 진정한 의미는 무엇일까.

나는 가장 중요한 것이 하나 됨의 회복이라고 본다. 우리가 나라를 빼앗기기 전에 한 국가 한 민족으로 살면서 지냈던 그 시절, 한 핏줄 간에 서로 자유롭게 왕래하던 그 시절, 정치체제는 전제 군주주의가 무너지고 민주주의로 바뀌었더라도, 근본적으로 꼭 회복해야 하는 제일 중요한 것이 그 하나 됨의 회복이다.

그래서 역대 대통령들도 광복절 축사를 통해 남북 관계를 진전시킬 방안을 천명하고 남북통일에 다가가기 위한 메시지를 내려고

노력했을 것이다.

그러나 그 회복을 기념하는 날에, 대통령이 하나 됨에 대한 메시지는 없이 남북의 대치와 서로 다른 점만을 강조하는 현 상황은 너무나도 안타까운 일이다.

나는 어제 광복절 노래를 혼자 흥얼거리다가, 아침에 중동에 있는 안중근 공원을 먼저 가보고 싶어졌다. 국권 강탈 전후를 불문하고 조국의 완전한 해방을 꿈꾸던 분들을 기리는 그곳에 안중근 의사 같은 많은 그 '어른님'들의 간절한 혼이 어려 있으리라 싶어서였다.

# 도무지 글을 쓸 수 없는 밤

　제1야당의 대표가 18일째 단식을 하고 생명이 위독하면, 아무리 상대하기 싫도록 밉더라도 사람이라도 보내어 괜찮은지 살펴보고, 이를 거두어 달라고 요청도 하고 해야 한다.

　생각이 다른 국민은 그저 적으로 몰아 버리는 세계에는 그런 도량이 없는 것 같다.

　모든 것을 승부로 생각하고, 상대를 그저 쓰러뜨릴 대상, 그저 죽일 대상으로 삼는 가치관에서는 그러한 것이 도저히 불가능한 모양이다.

　생명은 주장과 항변, 옳고 그름, 선과 악을 초월하는 그 자체로 우주이다.

　인간의 도리와 지도자의 자세를 생각해 본다.

　모른다면 큰 문제이고, 알고서도 하지 않는다면 더 큰 문제이다.

# 군인과 깡패와 검찰

정치군인들이나 깡패가 국회에 난입하여 자신들의 총사령관이나 두목에게 밉보인 야당 대표를 찾아 끌고 가려 한다면, 야당 국회의원 168명은 당연히 그들의 앞을 막아서고 스크럼을 짜며 야당 대표를 보호해야 한다.

적어도 그 군인들이나 깡패가 당 대표를 무작정 타겟으로 하고 있다는 사실만으로 대표를 물러나라고 하는 국회의원은 없을 것이며, 대표를 그들의 군홧발과 주먹 앞에 무력하게 내놓자고 할 국회의원도 없을 것이다.

그런데 지금이 그와 무엇이 다른가. 국회의원씩이나 되는 사람들이 그러한 것도 모르는 것인가. 아니면 알면서도 개인적인 탐욕을 위해 모르는 척하는 것인가.

\* \* \*

법은 군홧발과 주먹보다 교묘하고, 능란하며, 휘두르는 자에게 일종의 정당성마저 부여한다.

털고 털고 또 털어 탈탈 터는 것이 나쁜 짓이라고 비난하다가도, 갑자기 피의자가 구속되면 "거봐, 나쁜 놈 맞네"로 바뀐다. '善'과 '惡'이 한순간에 바뀌는 것이다.

그래서 자신들이 '善'을 차지하기 위해 검찰은 될 때까지, 나올 때까지 하는 것이다.

군홧발과 주먹이라면 적어도 짓밟은 놈이 나쁜 놈이라는 것은 선명하며, 스크럼을 짜고 막는데 아무런 고민도 없다. 하지만 법에 '버젓이' 규정된 수사라는 무기로 짓밟게 되면, 수사를 당하는 자가 도리어 나쁜 놈 아닌가 헷갈린다.

불체포특권은 이럴 때 쓰라고 그것도 '헌법'에서 규정하고 있는 것이다. 정권이 온갖 수단을 이용하여 정적을 제거하려고 할 때, 그 때 체포되지 않고 자유롭게 정권을 비판하고 정권과 싸우라고 있는 것이다. 지금이 그때인 거다.

# 본진(本陣)에서의 반란

오늘은 김용 전 민주연구원 부원장의 마지막 재판 날이다.

김용이 2022년 10월 체포된 이후 1년 내내, 김용과 나를 비롯한 모든 변호인은 이른바 '대장동 사건'이라 일컫는 사건과 관련된 돈 운운은 모두 터무니없는 모함이자 소설일 뿐이라고 정말 치열하게 싸웠다.

그리하여 김용의 무고함과 검찰을 동원한 이 정권의 수사가 사실상 근거 없는 무리한 것임을 모두 밝혀냈다고 자부하였다.

그렇게 재판을 모두 마치고 서로를 격려하며, 그동안 전쟁처럼 소진하며 치렀던 재판에 치를 떨면서, 해피엔딩을 위한 마지막 할일을 살피고 있는 그때, 체포안 가결 소식이 전해졌다.

최전선에서 풍찬노숙하며 전쟁을 치러내고 명백히 승기를 잡은 장수에게 들려온, 본진에서의 반란 소식이었고, 우리의 수장을 적에게 내주었다는 어처구니없는 소리였다.

누가 이러한 배신행위를 했는가. 누가 유구한 전통의 민주당을 적에게 헌납했는가.

이는 일부 국회의원들이 민주당의 미래, 대한민국의 미래에는 관심이 없고 오로지 자신들의 사리사욕만을 추구한 결과라고밖에 달리 설명할 길이 없다. 또한 이는 당과 당원에 대한 명백한 배신이자 부정할 수 없는 반란행위이다.

이제는 민주당을 망치고 사리사욕을 채우는 사람들에 대한 철저한 인식과 응징이 필요한 때이다. 새롭고 견고한 민주당을 만들어가기 위해 우리 모두는 더더욱 깨어 있어야 하고, 적극적인 행동에 나서야 한다.